Klarant Verlag

Die gebürtige Ostfriesin *Sina Jorritsma* aus der Krummhörn studierte in Hamburg Germanistik und Philosophie, bevor sie wieder in ihre Heimat zurückkehrte. Sie veröffentlicht unter Pseudonym, weil sie ihre Umgebung genau beobachtet und Ereignisse aus ihrem Leben in ihre Geschichten einfließen. Das Romaneschreiben ist ihr kleines Geheimnis, das nur wenige Menschen kennen. Bei einer großen Kanne Ostfriesentee mit Sahne und Kluntjes kann sie halbe Nächte durchschreiben, tagsüber hält sie sich mit Joggen fit. Sina Jorritsma lebt mit ihrer Familie in einem kleinen Ort bei Emden.

Sina Jorritsma

Juister Hochzeit

Ostfrieslandkrimi

Klarant Verlag

Kapitel 1

Der kräftige Nordwind hatte feinen Juister Sand auf die Leiche geweht. Die Schicht, bestehend aus den winzigen hellen Körnchen, war allerdings nur hauchdünn. Es war, als ob jemand den leblosen Körper der jungen Frau mithilfe einer riesigen Puderzuckerdose über und über bestäubt hätte. Der große Blutfleck unter ihrem Leib war trotzdem nicht zu übersehen.

»Ich kenne noch nicht mal ihren Nachnamen«, sagte Kommissarin Antje Fedder mit tonloser Stimme. Es ließ die Inselpolizistin mit den langen blonden Haaren niemals kalt, wenn auf »ihrem« Eiland ein Verbrechen geschah. Mord war natürlich ein besonders schweres Delikt. Und selbst ein Polizeischüler im ersten Ausbildungsmonat hätte erkannt, dass es sich bei diesem Todesfall weder um Selbstmord noch um einen tragischen Unfall handeln konnte.

Das Messer steckte noch im Körper. Mieke hätte sich schon extrem verbiegen müssen, um sich selbst die tödliche Verletzung beizubringen.

»Mieke hieß Torn mit Nachnamen«, murmelte Tjark Fedder. Er hatte eine seiner großen abgearbeiteten Hände auf die Schulter seiner Tochter gelegt. Normalerweise hätte Antje es sich verbeten, von einem Zeugen oder dem Melder einer Straftat berührt zu werden. Doch Tjark war immerhin ihr Vater, deshalb wäre es ihr seltsam vorgekommen, sich seiner Hand zu entziehen. Außerdem musste sie sich eingestehen, dass seine Nähe ihr in diesem Moment ganz besonders guttat.

Obwohl Antje den Tod der jungen Frau bedauerte, war sie einfach nur erleichtert darüber, dass ihr Papa noch lebte. Ihr war nämlich gerade bewusst geworden, dass es genauso gut Tjark Fedder hätte treffen können.

»Also ist es purer Zufall, dass heute nicht du dein Lokal aufgeschlossen hast?«, vergewisserte die Inselpolizistin sich. Ihr Vater ließ sie los und fuhr sich mit beiden Handflächen über sein wettergegerbtes Gesicht.

»Richtig, mein Schatz. Dr. Weerts hat gesagt, dass er mich wegen meiner Rückenschmerzen heute früh noch einmal gründlich untersuchen will. Also rief ich gestern Abend Mieke an und bat sie, ausnahmsweise die Juister Kajüte aufzuschließen. Und als ich kam, sah ich sie in ihrem Blut liegen. Das ist meine Schuld.«

»Red dir doch so etwas nicht ein!«, fauchte Antje. Der Satz kam schärfer hervor, als sie es beabsichtigt hatte. Antje war hochgradig gestresst, was bei ihrem Dienst auf der idyllischen Urlaubsinsel eher selten vorkam. Doch es sah ganz danach aus, dass ihr Vater nur durch Zufall mit dem Leben davongekommen war. Dieser Gedanke war für sie beinahe unerträglich.

»Es scheint sich um einen Raubüberfall zu handeln.«

Mit diesen Worten meldete sich Kommissar Roland Witte zu Wort. Er kehrte gerade aus der Juister Kajüte zurück, wo er die Gaststube sowie die hinteren Räumlichkeiten durchsucht hatte. Mieke Torn schien vom Täter überrascht worden zu sein, als sie gerade die urige Seemannskneipe aufgeschlossen hatte. Tjark Fedder war jahrzehntelang ein Fahrensmann gewesen, bevor er in Rente ging. Die zahlreichen maritimen Gegenstände, mit denen die Wände des Lokals geschmückt waren, hatte er von seinen Reisen auf allen Weltmeeren mitgebracht.

»Raubüberfall?«, wiederholte der Wirt stirnrunzelnd. »Wie kommst du darauf, Roland? Ist etwas gestohlen worden?«

Der dunkelhaarige Inselpolizist schüttelte den Kopf.

»Nein, aber der Mörder hat in sinnloser Wut deine Registrierkasse zu Boden geworfen. Wahrscheinlich war er sauer, weil er ohne Beute abziehen musste. Du nimmst doch abends die Tageseinnahmen immer mit, oder?«

»Ja, und das mache ich so, seit ich meine Kneipe eröffnet habe«, brummte Antjes Vater. »Ich lasse die Kasse sogar offen, damit jeder sehen kann, dass es bei mir kein Bargeld zu holen gibt.«

»Wenn wir in einer Großstadt wären, würde ich auf Beschaffungskriminalität eines Süchtigen tippen«, vermutete Witte. »Aber auf Juist …«

Es war nicht nötig, diesen Satz zu beenden. Obwohl Witte noch nicht so lange auf der Insel Dienst tat wie seine blonde Kollegin, wusste er genau, dass es auf Juist keine nennenswerte Drogenszene gab. Antje und Witte kannten einige Kiffer, die aber stets so diskret vorgingen, dass man sie niemals auf frischer Tat ertappte. Gelegentlich fanden die Inselpolizisten mal einen Joint in den Dünen. Aber nach Antjes Meinung beging niemand einen Mord für eine Haschisch-Zigarette, die man in jedem holländischen Koffie Shop fertig gedreht für zwei Euro kaufen konnte. Die Kommissarin versuchte, sich von ihrer Sorge um ihren Vater nicht überwältigen zu lassen. Sie fasste zusammen: »Ich stelle mir vor, dass Mieke von dem Täter überrumpelt wurde, als sie die Juister Kajüte aufschließen wollte. Der Schlüssel steckt noch im Schloss. Die junge Frau bricht sterbend zusammen, während der Mörder hineingeht und nach Geld oder Wertgegenständen sucht. Das kann nicht länger als ein paar Minuten gedauert haben. Aus Frust wirft er die Registrierkasse herunter, wie Roland gerade sagte.«

Antje stemmte die Fäuste in die Hüften, reckte sich und ließ ihren Blick über die Umgebung schweifen. Die Juister Kajüte verfügte über einen kleinen Außenbereich, der während der Öffnungszeiten hauptsächlich von Rauchern bevölkert wurde. Das Lokal befand sich direkt an der Strandpromenade. Hinter den Dünenkämmen glitzerte das graublaue Wasser der Nordsee, und der Wind wehte das Lachen und Kreischen der Kinder herüber, die sich am nahe gelegenen Strand vergnügten.

»Ich wundere mich, dass niemand vor dir die Leiche bemerkt hat«, sagte Witte zu Tjark Fedder. »Auf der Strandpromenade sind doch meist Spaziergänger und Jogger unterwegs.«

»Ja, aber um Mieke dort liegen zu sehen, muss man schon genau hinschauen«, antwortete Antje anstelle ihres Vaters. »Die Tische und Stühle der Außengastronomie verdecken teilweise den Blick auf den Eingangsbereich. Außerdem wissen die Einheimischen und die Stammgäste, dass die Juister Kajüte erst mittags öffnet. Es gibt also für sie keinen Grund, das Lokal frühmorgens genauer zu betrachten.«

Die Kommissarin hatte bereits begonnen, sich Notizen zu machen. Sie fragte ihren Vater: »Um welche Uhrzeit hätte Mieke heute hier sein müssen?«

»So gegen acht Uhr wird aufgeschlossen, dann lüften wir und machen Klarschiff. Wie gesagt, normalerweise fange ich an, Mieke wäre erst später dazugekommen, so gegen zehn Uhr. Mittags haben wir dann offiziell geöffnet, wie du weißt.«

Antje nickte. Es war jetzt kurz vor zehn Uhr. Sie fragte sich, ob ihr Papa sich gegen einen Angreifer gewehrt hätte. Tjark war zwar schon im Rentenalter, aber der große und kräftige Mann konnte sich sehr gut seiner Haut wehren. Als Matrose und Steuermann hatte Tjark Fedder in fremden Häfen so manche Schlägerei überstehen müssen. Außerdem schien er einen sechsten Sinn für Gefahren zu besitzen, denn während seines bewegten Berufslebens war sein Leben mehr als einmal gefährdet gewesen.

Wittes Stimme riss sie aus ihren Überlegungen.

»Ich fahre mal eben zur Wache und hole eine Plane, um die Leiche abzudecken«, schlug er vor. Antje nickte. Sie und ihr Kollege waren erst vor wenigen Minuten bei der Juister Kajüte eingetroffen, kurz nachdem Tjark Fedder sie aufgeregt angerufen hatte. Jeden Moment konnten Touristen vorbeischlendern, und schon aus Gründen der Pietät sollten sie die Tote nicht zu sehen bekommen.

Witte schwang sich auf sein Dienstfahrrad und fuhr Richtung Carl-Stegmann-Straße, wo sich die Polizeiwache befand. Antje griff zum Smartphone und rief einen der Badeärzte an, die auf der kleinen Nordseeinsel praktizierten. Mieke Torn war nach Ansicht der Kommissarin eindeutig an einem Messerstich verstorben, dennoch musste ein Mediziner die Todesursache diagnostizieren und den Totenschein ausstellen. Der Arzt versprach, umgehend zur Strandpromenade zu kommen.

Antje schaute sich die Leiche genauer an. Die junge Tote war mit Bluejeans, Tennisschuhen und einer offenen rot karierten Bluse bekleidet gewesen, darunter trug sie ein weißes T-Shirt. Hinweise auf ein Sittlichkeitsverbrechen gab es nicht, zumindest war Mieke komplett angezogen. Antje zog sich Latexhandschuhe über und durchsuchte die Taschen der Toten, doch sie waren komplett leer. Sie konnte noch nicht einmal ein Smartphone finden. Diese Tatsache sprach für einen Raubüberfall. Aber für ein gebrauchtes Mobiltelefon bekam man nicht mehr viel Geld, und eine junge Saisonkellnerin hatte höchstwahrscheinlich keine großen Bargeldbeträge in der Tasche.

»Ich frage mich, ob das eine zufällige oder eine geplante Tat war«, dachte die Inselpolizistin laut nach.

»Wer mich kennt, der weiß, dass bei mir keine Reichtümer zu holen sind«, grollte ihr Vater. Er machte mit seinem tätowierten rechten Arm eine umfassende Bewegung, indem er auf das kleine Lokal deutete.

»*Das* ist mein Besitz«, fuhr Tjark fort. »Wie du weißt, habe ich meine ganzen Ersparnisse in die Juister Kajüte gesteckt. Der Gedanke, dass jemand Mieke wegen der Tageseinnahmen abgestochen hat, macht mich richtig krank!«

»Roland und ich müssen in alle Richtungen ermitteln«, stellte Antje klar. »Papa, hatte deine Kellnerin irgendwelche Feinde? Vielleicht ein lästiger Verehrer, der bei ihr abgeblitzt ist? Oder ein Ex-Freund, der ihr nachgestellt hat?«

Tjark runzelte die Stirn, schob seine Elbsegler-Mütze in den Nacken und verschränkte die Arme vor der Brust.

»Mieke war hübsch und zu allen Gästen freundlich. Da gibt es natürlich immer Dummköpfe, die sich deshalb Hoffnungen machen oder die allgemein eine Bedienung in einem Bierlokal für Freiwild halten. Gestern ist mal so ein Knilch gegenüber Mieke frech geworden, den habe ich achtkantig rausgeworfen!«

»Warum hast du uns nicht alarmiert, Papa?«, fragte Antje, obwohl sie die Antwort ahnte.

»Ich brauche doch keine Hilfe, um so ein aufdringliches Jüngelchen an die frische Luft zu setzen«, brummte der pensionierte Seemann.

»Du weißt nicht zufällig, wie der junge Mann heißt?«

»Nein, Antje. Aber wenn ich ihn noch einmal sehe, sage ich dir oder Roland Bescheid.«

»Ja, das wäre gut. Könntest du mir bitte die Kontaktdaten von Miekes Familie geben, damit ich sie benachrichtigen kann?«, bat die Inselpolizistin. »Ich vermute, dass sie Angehörige hat?«

Ihr Vater nickte.

»Ja, sie hat mir die Telefonnummer ihrer Mutter aufgeschrieben, falls ihr etwas zustoßen würde. Ich hol sie dir.«

»Danke, Papa. Und ich brauche auch Miekes Mobilfunknummer, um ihr Handy zu orten. Vielleicht können wir den Täter so lokalisieren.«

Tjark Fedder ging in sein Lokal, wo er im Hinterzimmer ein kleines Büro hatte. Nun kehrte Witte schon zurück. Mit dem Fahrrad waren es nur wenige Minuten von der Juister Kajüte bis zur Dienststelle, und auf dem »Töwerland« gab es ohnehin keine wirklich weiten Entfernungen. Auch der Doktor traf nun ein. Er gab den Polizisten die Hand und machte sich sofort an die Untersuchung der Toten. Witte breitete die Plane aus und hielt sie so, dass die ohnehin schlechte Sicht von der Strandpromenade aus komplett verdeckt wurde.

»Papa hat erzählt, dass ein Gast gestern Mieke belästigt hat«, raunte Antje ihrem Kollegen zu. »Wir müssen versuchen, den Verdächtigen zu ermitteln. Womöglich gehört er zu den Kerlen, die eine Abfuhr nicht hinnehmen können.«

Der Kommissar nickte.

»Ich habe auch schon überlegt, dass die Sache mit der Registrierkasse ein Ablenkungsmanöver war. Jeder halbwegs begabte Einbrecher weiß, dass kein Gastronomiebetrieb die Tageseinnahmen über Nacht in der Kasse lässt.«

Der Arzt hatte sich neben Mieke gekniet. Er blickte nun auf und sagte: »Ich vermute, dass das Messer die Milz zerstört hat, woraufhin das Opfer innerlich verblutet ist. Ein genaues Ergebnis kann nur die Obduktion liefern.«

Auf einer kleinen Insel wie Juist gab es keine Möglichkeit für eine Leichenschau. Miekes sterbliche Überreste mussten per Fähre aufs Festland geschafft werden, die Untersuchung konnte dann im gerichtsmedizinischen Institut Oldenburg stattfinden. Auch bei der Tatwaffe fehlten Antje und Witte die Mittel, um mögliche DNA-Spuren auf dem Messer zu analysieren.

Die Inselkommissare bedankten sich bei dem Mediziner, der sich verabschiedete. Er wollte umgehend den Totenschein ausstellen. Tjark kam aus dem Lokal und gab seiner Tochter einen Zettel.

»Miekes Mutter heißt Franziska Torn, sie wohnt in Münster«, sagte er.

»Danke, Papa. – Wir müssen jetzt den Leichnam zum Hafen schaffen, damit die Nachmittagsfähre ihn noch mitnehmen kann«, erwiderte die Inselpolizistin.

Witte, der inzwischen den Körper mit der Plane bedeckt hatte, blickte auf.

»Lass uns Hinderk anrufen«, schlug er vor. Hinderk Bromstra war ein Fuhrunternehmer, der mit seinem Pferdefuhrwerk auf Juist alle Schwertransporte übernahm, von Klavieren bis zu Bierkisten.

Daran hatte Antje auch schon gedacht. Sie wollte gerade mit Hinderk Kontakt aufnehmen, als eine junge Frau auf die Juister Kajüte zusteuerte. Sie trug ein gestreiftes Strandkleid und wirkte dank ihrer Designer-Sonnenbrille und den Schuhen mit Keilabsatz sehr elegant. Sie nahm die Brille ab und sah verwundert aus, als sie die uniformierten Polizisten erblickte.

»Moin, wir haben noch geschlossen«, sagte Tjark freundlich. Die unbekannte Frau warf einen Blick auf den mit der Plane bedeckten Körper. Sie schien zu ahnen, dass hier etwas Dramatisches geschehen sein musste.

»Ich suche eigentlich nur nach meiner Freundin, weil ich sie telefonisch nicht erreichen kann«, erklärte die Fremde. »Ihr Name lautet Mieke Torn, sie ist meine Trauzeugin.«

Kapitel 2

Witte musste sich eingestehen, dass er die Unbekannte attraktiv fand. Sie wirkte auf den ersten Blick so perfekt wie ein Model auf dem Titel einer Illustrierten. Doch abgesehen davon, dass solche Hochglanzfotos niemals ohne ausgiebige Bildbearbeitung zustande kamen – seit einiger Zeit hatte der Kommissar nur noch Augen für Antje. Sie war nämlich nicht nur seine Kollegin, sondern auch seine Freundin.

Vor seiner Versetzung nach Juist galt Witte als ein Frauentyp. Mit seiner lockeren und offenen Art kam er beim schönen Geschlecht gut an, und der Kommissar ließ so manche Chance nicht ungenutzt.

Doch mit Antje war jetzt alles anders. Es fühlte sich für ihn einfach richtig an, dass die beiden ein Paar waren. Die Polizistin hatte ihm schon gefallen, als er das erste Mal den Boden der schönen Insel betrat. Es hatte einige Zeit gedauert, bis die Gefühle zwischen den beiden intensiver geworden waren. Doch seit Kurzem waren sie ein Liebespaar.

Und seitdem ignorierte Witte es einfach, wenn eine andere Dame ihm schöne Augen machte. Abgesehen davon, dass es auf einer kleinen Insel wie Juist nicht leicht war, ein Geheimnis zu bewahren, wollte er seine neue Freundin auf keinen Fall hintergehen. Er konnte immer noch nicht fassen, dass er Antjes Herz hatte erobern können.

Also betrachtete Witte die Fremde nun mit einem rein dienstlichen Blick. Ihm fiel auf, dass ihr Verlobungsring mehrere tausend Euro gekostet haben musste. Auch ihre Garderobe stammte gewiss nicht von der Stange eines Billig-Kaufhauses, sondern eher aus einer Edel-Boutique auf der Düsseldorfer Königsallee. Während der Inselpolizist diese Beobachtungen machte, schob er sich unauffällig zwischen die Frau und die Leiche. Zwar hatte Witte die Tote mit einer Plane bedeckt, doch er wollte trotzdem verhindern, dass die Frau zu nahe herankam. Insgeheim hoffte Witte, dass Antje der Braut die traurige Nachricht mitteilen würde. Seine Kollegin/Freundin konnte so etwas einfach besser als er selbst.

Die Unbekannte deutete mit einem leicht zitternden Finger auf den abgedeckten Leichnam. Ihre Stimme vibrierte vor Anspannung.

»Liegt dort etwa ein Mensch?«

Antje nahm die Frau am Ellenbogen und zog sie sanft zur Seite.

»Kommen Sie, setzen wir uns.« Die Inselpolizistin deutete auf einen der Tische, mit denen der Außenbereich bestückt war. Sie fuhr fort: »Leider muss ich Ihnen mitteilen …«

Die Kommissarin konnte den Satz nicht vollenden. Die Frau ließ sich so abrupt in einen der Gartensessel fallen, als ob ihr jemand die Beine weggeschlagen hätte. Sie rang nach Luft, als ob sie einen Erstickungsanfall hätte.

»Es geht um Mieke, nicht wahr? Ist sie …«

»Mieke Torn ist leider nicht mehr am Leben«, sagte Antje. »Wir müssen von einem Tötungsdelikt ausgehen.«

Witte fand, dass diese Worte spröde und trocken klangen. Doch als Polizeibeamtin musste Antje eine professionelle Distanz wahren, um sich nicht gefühlsmäßig zu verstricken. Dass der gewaltsame Tod eines Menschen ihr trotzdem naheging, stand für ihn außer Frage. Bei der Lösung eines kriminalistischen Rätsels kam es allerdings in erster Linie auf Fakten und nicht auf Empfindungen an. Trotzdem hielt Antje die Hand der Fremden, als diese nun bitterlich zu weinen begann.

Der Inselpolizist tauschte einen Blick mit Tjark Fedder. Der Wirt kam sich in diesem Moment gewiss ebenso überflüssig vor wie er selbst. Witte konzentrierte sich nun darauf, den Fuhrunternehmer Hinderk anzurufen. Von dieser Aufgabe war Antje ja soeben abgehalten worden.

Tjark murmelte, dass er in der Gaststube nach dem Rechten schauen wollte, und eilte fluchtartig in sein Lokal. Witte erreichte Hinderk und schilderte ihm mit gedämpfter Stimme sein Anliegen.

»Ich habe gerade noch eine Lieferung Lebensmittel für eine Pension im Loog«, erwiderte der Spediteur. »Danach komme ich dann direkt zur Juister Kajüte. Es wäre gut, wenn ihr die Tote für ihre letzte Reise gut verpacken würdet.«

»Das bekommen wir hin«, versprach der Kommissar und beendete das Telefonat. Hinderk war ein echter Inselfriese, schweigsam und unerschütterlich. Wenn er eine Leiche zur Fähre transportieren musste, würde er es ganz gewiss nicht an die große Glocke hängen.

Es dauerte einige Momente. Dann hatte sich die Unbekannte so weit beruhigt, dass sie halbwegs verständlich sprechen konnte.

»Mein Name ist Jule Dammer. Mein Verlobter Eric van Halen und ich wollen am Samstag hier auf Juist heiraten. Es ist alles schon geplant. Und meine beste Freundin sollte meine Trauzeugin sein …«

Jule Dammer brach erneut in Tränen aus. Witte fand ihre Verzweiflung sehr überzeugend. Allerdings hatte er früher auch schon Verbrecher erlebt, die auf Kommando bühnenreif Trauer vorspielen konnten. Er erinnerte sich an eine Ladendiebin, die er während seines Dienstes in einer Großstadt mehrfach verhaftet hatte. Sie konnte Krokodilstränen weinen, um das Verkaufspersonal abzulenken. Inzwischen füllte ihr Komplize seine Taschen mit wertvollen Parfüms oder Unterhaltungselektronik.

»Wenn Sie und Mieke Torn eng befreundet waren, wird sie sich Ihnen anvertraut haben«, vermutete Antje. »Gibt es jemanden, der sie bedroht hat? Fühlte sie sich von einer Person verfolgt?«

Die Braut hob den Kopf. Ihre Augen waren gerötet, die Unterlippe zitterte leicht. Der Wind fuhr in ihr langes Haar, das fast bis zum Po reichte. Jule Dammer schob die Strähnen mit einer ungeduldig wirkenden Handbewegung weg. Sie nickte langsam.

»Ja, es gibt einen unerwünschten Verehrer, der Mieke das Leben schwer gemacht hat. Ich wünschte, dass mir der Name einfallen würde. Er klang friesisch, fing mit dem Buchstaben N an.«

»Was hat Mieke Ihnen denn über diesen Mann berichtet?«, wollte die Inselpolizistin wissen.

»Er ist aufdringlich geworden, hat ihr nachgestellt. Dabei ist er früher schon mal verhaftet und dann zu einer Gefängnisstrafe verurteilt worden«, lautete die Antwort. Sie fügte hinzu: »Das hat mir Mieke zumindest erzählt.«

Antje hakte nach: »Wissen Sie noch in etwa, wann das gewesen ist?«

Die Braut zuckte mit den Schultern.

»Nein, ich bedaure, Frau, äh …«

»Ich bin Kommissarin Fedder, das ist mein Kollege, Kommissar Witte.«

Mit diesen Worten deutete Antje auf den Inselpolizisten.

»Ich würde Ihnen gern weiterhelfen, Frau Fedder. Aber das war kein Thema, über das Mieke und ich uns intensiver unterhalten hätten. Sie hat mir nur einmal am Telefon davon erzählt. Wir sehen uns ja nicht so häufig, weil ich in Münster lebe und nur für die Hochzeit auf die Insel gekommen bin.«

Witte musterte nicht nur Jule Dammer, sondern auch seine Kollegin und Freundin. Ihr Verhalten hatte sich geändert, seit von dem Straftäter die Rede war. Antje hatte mehr Körperspannung aufgebaut, vermutlich unbewusst. Sie saß vorgebeugt und krallte ihre Hände um ihre Knie, als ob sie sich selbst am Aufspringen hindern wollte. Auch ihre Stimme klang härter, als die Kommissarin wieder den Mund öffnete.

»Lautet der Name des Verdächtigen womöglich Nanno? Das ist ein friesischer Männername, der mit N beginnt.«

Jule Dammer schnippte mit den Fingern.

»Ja, richtig! Der Name ist für mich ungewöhnlich. Ich stamme aus Westfalen, dort sind solche Namen eher selten.«

Antje stand auf.

»Wir haben gewiss später noch mehr Fragen an Sie, Frau Dammer. Für den Moment danke ich Ihnen für die Informationen. Ich verspreche Ihnen, dass wir alles tun werden, um den Mord an Ihrer Freundin aufzuklären. Bitte geben Sie mir Ihre Mobilfunknummer und Ihre Juister Hoteladresse.«

»Mein Verlobter und ich wohnen im Hotel Pacific, zunächst in getrennten Zimmern. Wir sind vor einer Woche angereist und genießen zunächst die Zeit auf Ihrer schönen Insel. Am Samstagabend ziehen wir dann in die Hochzeitssuite um, in dieser Hinsicht ist Eric sehr traditionell und romantisch.«

Jule Dammers Blick verklärte sich, als sie über ihren zukünftigen Ehemann sprach. Nachdem sie Antje ihre Mobilfunknummer gegeben hatte, eilte sie davon. Tjark Fedder trat wieder aus der Gaststube und schaute blinzelnd ins Sonnenlicht. Es würde wieder ein schöner Tag auf dem »Töwerland« werden, auch wenn er durch die brutale Tat getrübt wurde. Witte wandte sich an den Wirt.

»Hast du Bindfaden oder etwas Ähnliches, Tjark? Wir müssen den Leichnam so verpacken, dass der Transport aufs Festland keine Probleme bereitet.«

»Ja, sicher«, erwiderte Antjes Vater. Er schien froh darüber zu sein, dass er helfen konnte. Er ging hinein und kehrte wenig später mit einer Rolle Bindfaden und einer Schere zurück.

Die beiden Männer begannen damit, die Plane fest um die Tote zu wickeln und zu verschnüren. Der Kommissar warf seiner Kollegin einen prüfenden Blick zu.

»Warum hast du Jule Dammer gefragt, ob der Name des Triebtäters Nanno lauten könnte?«

»Das ist ein gängiger friesischer Name, der mit N beginnt«, meinte Antje. Doch Witte spürte, dass sie noch nicht alles zu dem Thema gesagt hatte. Tjark horchte auf.

»Nanno, so wie Nanno Kloob? Der Bursche wohnt doch seit ein paar Monaten wieder auf der Insel, oder?«

»Ja, das tut er, Papa«, gab die Kommissarin zu. »Ich will aber keine Gerüchte in die Welt setzen.«

»Es ist aber Tatsache, dass Nanno wegen versuchter Vergewaltigung im Knast war«, stellte Tjark Fedder fest. »Und ganz Juist weiß darüber Bescheid.«

»Ganz Juist, nur ich nicht«, sagte Witte.

»Nanno wurde damals nicht auf unserer Insel, sondern in Oldenburg verhaftet«, erklärte Antje. »Das war vor deiner Versetzung nach Juist, deshalb kennst du die Geschichte nicht. Nanno hat außer dieser versuchten Vergewaltigung noch mehrere weitere Delikte auf dem Kerbholz, deshalb ist die Haftstrafe länger ausgefallen. Ich wurde von den Oldenburger Kollegen angerufen, weil ich ein Alibi von ihm überprüfen sollte. Es stellte sich heraus, dass er gelogen hatte, was sich auch beweisen ließ. Inzwischen hat Nanno seine Strafe verbüßt und wohnt wieder bei seiner Mutter.«

»Wir sollten ihm dringend einen Besuch abstatten«, schlug Witte vor.

»Zunächst will ich versuchen, ob wir Miekes Handy nicht orten können«, erwiderte Antje. »Sobald Hinderk das Mordopfer abtransportiert hat, kümmern wir uns darum.«

Witte nickte, dann wandte er sich an den Wirt: »Wusstest du eigentlich, dass Mieke demnächst als Trauzeugin fungieren sollte?«

»Sie hat es mir nicht gesagt, daran würde ich mich erinnern«, betonte der Alte. »So ein Tag ist doch ein einschneidendes Erlebnis, nicht nur für die Brautleute, sondern für alle Beteiligten.«

»Die Hochzeit ist für kommenden Samstag geplant«, warf Antje ein.

»Ich kann nicht verstehen, dass Mieke mir nicht Bescheid gegeben hat«, wunderte Tjark sich. »Wir haben während der Saison samstags die meisten Gäste, und das wusste Mieke auch. Ich hätte mich rechtzeitig um eine Vertretung kümmern müssen, wenn sie als Trauzeugin auftritt. Das ist ja kein Termin, bei dem man kurz auftaucht und dann sofort wieder verschwinden kann.«

»Wir sollten Jule Dammer und ihren Zukünftigen gründlicher unter die Lupe nehmen«, schlug Witte vor. »Ich finde es merkwürdig, dass eine so offensichtlich wohlhabende Dame die beste Freundin einer einfachen Kellnerin sein will.«

»Suchst du dir deine Kumpane nach deiner Gehaltsklasse aus?«, fragte Antje. Sie klang gereizt. Der Kommissar schüttelte den Kopf.

»Du weißt, wie ich das meine. Die meisten Menschen haben persönliche Kontakte zu Leuten, die genauso arm oder reich sind wie sie selbst.«

»Gleich und gleich gesellt sich gern, das stimmt schon«, lenkte die Inselpolizistin ein. »Wir dürfen uns jedenfalls nicht auf einen möglichen Raubüberfall versteifen, sondern müssen alle anderen Varianten prüfen. – Und mir ist auch noch ein Detail aufgefallen, das mir merkwürdig vorkommt.«

Witte warf ihr einen fragenden Blick zu.

»Nämlich?«

»Der Sand«, erwiderte Antje. »Ich habe ein Foto von der Leiche gemacht, bevor ihr sie eingepackt habt. Es lag eine dünne Sandschicht auf Miekes Körper.«

»Das ist mir auch aufgefallen«, sagte Witte, »aber ich weiß nicht, worauf du hinauswillst.«

»Mieke sollte doch um acht Uhr aufschließen, Papa hat sie um kurz nach zehn Uhr gefunden«, wiederholte die Kommissarin. Ihr Vater nickte zustimmend. Sie fuhr fort: »Innerhalb von zwei Stunden kann bei der jetzigen Windstärke kaum so viel Sand vom Strand herübergeweht sein. Daher vermute ich, dass Mieke erheblich früher hierher kam, also eher zwischen fünf und sechs Uhr morgens.«

»Warum hätte sie das tun sollen?«, wunderte Tjark sich.

»Genau das müssen Roland und ich herausbekommen«, stellte Antje fest.

Kapitel 3

Die Inselpolizistin war tief in Gedanken versunken, als sie gemeinsam mit ihrem Kollegen zur Wache zurückradelte. Kurz zuvor hatten Roland und ihr Vater den Leichnam auf die Pritsche von Hinderks Fuhrwerk gehievt. Nun konnten die sterblichen Überreste des Mordopfers noch mit der Nachmittagsfähre aufs Festland geschafft werden. Antje hatte in Norddeich angerufen, damit Polizisten vom Norder Kommissariat die Tote zum gerichtsmedizinischen Institut nach Oldenburg weitertransportierten.

Die Ermittlerin kannte als gebürtige Juisterin die Wetterverhältnisse auf der kleinen Insel viel besser als Roland, der noch nicht allzu lange auf dem Eiland für Recht und Ordnung sorgte. Die Polizeiwache des Eilands war nur mit diesen beiden Beamten besetzt, und bisher hatten sie alle ihre Fälle erfolgreich lösen können. Antje war sicher, dass Mieke schon zwischen fünf und sechs Uhr früh erstochen worden war. Letztlich würde das Ergebnis der Obduktion diese Annahme entweder bestätigen oder widerlegen.

Doch warum war die junge Frau schon so früh bei der Juister Kajüte erschienen? Wollte sie sicherstellen, dass sie niemand beobachtete? Die Kommissarin führte sich vor Augen, dass es um diese Jahreszeit frühmorgens noch ziemlich finster war. Es gab zwar auf der Strandpromenade Beleuchtung, doch gerade der Abschnitt vor dem Lokal ihres Vaters wies keine helle Straßenlampe auf. Wenn die Außenlaternen der Juister Kajüte eingeschaltet waren, sah die Sache schon anders aus. Aber dafür hätte Mieke zunächst die Gaststätte betreten und zum Sicherungskasten gehen müssen.

»Antje?«

Rolands besorgte Stimme riss sie aus ihren Überlegungen. Die Kommissarin schämte sich ein wenig, weil er sie mindestens zwei oder drei Mal angesprochen hatte. Sie drehte ihren Kopf in seine Richtung und versuchte es mit einem entschuldigenden Lächeln.

»Ich war völlig in Miekes mögliche Motive vertieft, fürchte ich. Außerdem habe ich ein schlechtes Gewissen, weil ich trotz dieses Todesfalls erleichtert bin.«

»Du freust dich, weil deinem Vater nichts geschehen ist«, stellte der Inselpolizist fest. »Das ist nicht verwerflich. Außerdem glaube ich nicht, dass Mieke ein Zufallsopfer war. Es hätte deinen Papa gar nicht getroffen, weil der Täter es speziell auf die Kellnerin abgesehen hatte.«

»Warum glaubst du das, Roland?«

»Ich fürchte, dass Mieke nicht mit offenen Karten gespielt hat«, erwiderte er. »Warum hat sie deinem Vater verschwiegen, dass sie Trauzeugin sein wird? Tjark hat doch immer betont, wie zuverlässig seine Bedienung sei. Würde eine Kellnerin, der man hundertprozentig vertrauen kann, einfach am arbeitsreichsten Tag der Woche wegbleiben, um zu einer Hochzeit zu gehen?«

Antje nickte eifrig.

»Nein, auf keinen Fall. Und mir ist gerade eingefallen, dass Mieke immer einen Schlüssel für das Lokal hatte. Mit anderen Worten: Sie hätte jeden Tag in aller Herrgottsfrühe in die Juister Kajüte gehen können, ohne dass mein Vater davon Wind bekommen hätte.«

»Aber aus welchem Grund?«, gab der Kommissar zu bedenken.

»Ich habe nicht die geringste Ahnung«, musste Antje sich eingestehen. Sie hatten die Polizeiwache erreicht, die in einem Einfamilienhaus in der Carl-Stegmann-Straße untergebracht war. Während sich das eigentliche Wachlokal im Erdgeschoss befand, hatte Antje im ersten Stockwerk die Dienstwohnung bezogen.

Die Kommissarin rief bei der Polizeidirektion Münster an. Sie bat darum, dass ein Beamter Franziska Torn vom Tod ihrer Tochter verständigen sollte. Danach machte sie sich sofort daran, das Smartphone der Toten zu orten – ohne Ergebnis.

»Der Täter wird die SIM-Card zerstört haben«, vermutete Roland. »Wenn er sich halbwegs auskennt, wird er wissen, dass wir ihn ohne dieses Speicherelement nicht finden können.«

»Naja, zwei Verdächtige haben wir ja schon«, erinnerte Antje. »Wenn wir später noch mal meinen Vater befragen, kann er uns hoffentlich eine genaue Beschreibung von dem aufdringlichen jungen Mann aus seinem Lokal liefern. Aber jetzt sollten wir uns zunächst mal Nanno Kloob zur Brust nehmen!«

Sie schaltete ihren Computer wieder aus und setzte ihre Mütze auf, die sie zwischenzeitlich abgenommen hatte.

»Erzähl mir von dem Kerl«, bat Roland.

»Nanno gehört zu den Leuten, die mein Vater als Taugenichtse bezeichnen würde«, begann Antje. »Er hat das Arbeiten nicht erfunden und versucht immer wieder, möglichst mühelos durchs Leben zu kommen. Wenn er seine Mutter nicht hätte, müsste er sich am Ende noch eine feste Stelle suchen. So aber hält er sich mit Gelegenheitsjobs über Wasser. Ich habe mal Diebesgut bei ihm sichergestellt, da war er noch jünger.«

»Und was ist mit diesen Sittlichkeitsdelikten?«

»Die hat er ja nicht auf Juist begangen, Roland. Natürlich ist es möglich, dass Nanno sich auch auf unserer Insel an Frauen vergangen hat. Mir ist allerdings nichts in der Richtung zu Ohren gekommen, und wenn niemand Strafanzeige stellt, sind uns sowieso die Hände gebunden.«

»Mir ist aufgefallen, dass dir Nanno sofort eingefallen ist, als Jule Dammer über einen Sexverbrecher gesprochen hat, dessen Name mit N beginnt und der im Gefängnis war.«

Die Inselpolizistin verzog den Mund.

»War das so offensichtlich?«, wollte sie wissen. »Wahrscheinlich liegt es daran, dass auf unserem kleinen Eiland nicht allzu viele Männer so eine Vorgeschichte aufweisen. Genau genommen ist Nanno der einzige. Trotzdem, er hat seine Strafe abgesessen. Ich würde es bedauern, wenn er rückfällig geworden wäre. Jules Aussage über Miekes aufdringlichen Verehrer ist jedenfalls so belastend, dass wir ihn dringend unter die Lupe nehmen müssen.«

»Womöglich hat der Knabe ein wasserdichtes Alibi«, meinte Roland, »dann können wir ihn gleich wieder von unserer Liste streichen. Wo lebt er überhaupt?«

»Seine Mutter hat ein Haus an der Flugplatzstraße, auf Höhe des Dünenfriedhofs«, antwortete seine Kollegin.

Die Inselpolizisten hatten sich bereits wieder auf ihre Fahrräder geschwungen. Von der Wache bis zu ihrem Ziel waren es nur fünf Minuten. Die Flugplatzstraße begann oder endete an dem kleinen Airport, der ganzjährig von den Inselfliegern erreicht werden konnte. Antje deutete auf ein kleines Friesenhaus aus roten Backsteinen. Der Vorgarten zur Straße hin war nicht viel breiter als ein Strandtuch.

»Dort wohnt Siebke Kloob mit ihrem Sohn«, sagte sie.

Die beiden lehnten ihre Fahrräder gegen die Hauswand. Witte betätigte die Klingel neben der Holztür, von der die Farbe abblätterte. Während die meisten Gebäude auf Juist proper und gepflegt aussahen, wirkte diese kleine Behausung vernachlässigt. Ferner fiel auf, dass nirgendwo ein Schild mit der Aufschrift ZIMMER ZU VERMIETEN hing. Viele Insulaner verdienten sich durch Vermittlung von Privaträumen an Touristen noch ein paar Euro dazu, was auf dem touristisch geprägten »Töwerland« durchaus Sinn machte. Doch Siebke Kloob konnte oder wollte offenbar keine Fremden im Haus haben.

Das Geräusch der Türklingel war überlaut. Obwohl Antje normalerweise resistent gegen Lärm war, hielt sie sich unwillkürlich die Ohren zu.

»Meine Trommelfelle vibrieren!«, stieß sie hervor.

»Ja, die Klingel wird man auch noch auf Borkum gehört haben«, meinte Roland trocken.

»Siebke ist schwerhörig«, erklärte Antje. »Sie besitzt zwar ein Hörgerät, aber manchmal schaltet sie es nicht ein.«

Witte nickte. Diesmal schien die alte Frau jedenfalls die Klingel gehört zu haben, denn die Inselpolizisten vernahmen schlurfende Schritte. Wenig später wurde die Tür geöffnet. Die Frau mit der altmodischen Dauerwellenfrisur und der bunten Kittelschürze war so klein, dass sie dem hochgewachsenen Kommissar noch nicht mal bis zur Schulter reichte. Sie schaute ihn ängstlich an. Ob sie sich vor der Uniform oder vor seiner Größe fürchtete? Vielleicht vor beidem. Antje führte sich vor Augen, dass Nannos Mutter ihren Kollegen wahrscheinlich noch nicht kannte.

»Moin, Siebke«, sagte sie laut, bevor Roland den Mund öffnen konnte. »Das ist Kommissar Witte, und wir beide kennen uns ja seit vielen Jahren. Funktioniert dein Hörgerät?«

»Natürlich, du musst nicht so schreien, Antje«, gab die Alte zurück. »Was wollt ihr denn von mir?«

Sie hatte die Tür nur eine Handbreit geöffnet. Die Ermittlerin war sicher, dass Siebke sie den Beamten am liebsten vor der Nase zugeschlagen hätte. Doch das traute sie sich nicht. Siebke gehörte noch zu einer Generation, die Respekt vor der Ordnungsmacht besaß.

»Wir müssen mit Nanno reden«, sagte Antje ruhig, aber bestimmt.

»Er war die ganze Zeit hier!«, rief die Mutter des Verdächtigen.

»Es wäre gut, wenn Ihr Sohn uns das selber sagen könnte«, warf Roland ein, der sich bisher zurückgehalten hatte. Siebke beachtete ihn gar nicht. Sie schaute Antje vorwurfsvoll an.

»Du bist so ein nettes Mädchen. Ich kenne dich, seit du am Strand mit deinen Förmchen Sandkuchen gebacken hast.«

»Ich bin auch immer noch nett, auch wenn meine Förmchen eingestaubt sind«, scherzte die Inselpolizistin. »Heutzutage habe ich einen Beruf, und den nehme ich ernst. Bitte mach uns keine Schwierigkeiten und lass uns mit deinem Sohn sprechen.«

»Nanno schläft um diese Zeit noch«, erwiderte die Seniorin. Sie schien die Ermittler auf Biegen und Brechen von ihrem Sohn fernhalten zu wollen. Doch Antje konnte sehr hartnäckig sein.

»Wir können ihn wecken, das ist kein Problem«, versicherte sie und fügte hinzu: »Nanno hat doch nichts zu verbergen, oder?«

Widerstrebend gab Siebke Kloob die Tür frei. Die Ermittler betraten den Flur. Es roch nach Bohnerwachs und Erbsensuppe. Auch wenn das Haus von außen vernachlässigt wirkte, im Inneren war es blitzsauber. Die Tapeten hatte man nach Antjes Schätzung vor einem halben Jahrhundert an die Wände geklebt, sie wirkten liebenswürdig altmodisch. Auch die Einrichtung des Wohnzimmers stammte aus einer längst vergangenen Zeit. Die Mutter des Verdächtigen führte die Inselpolizisten zu einer Tür am anderen Ende des Korridors.

»Ist das wirklich nötig, Antje?«, fragte sie mit brüchiger Stimme. Roland pochte laut gegen das Türholz.

»Herr Kloob? Wachen Sie bitte auf. Hier ist die Polizei!«

Im ersten Moment war es totenstill. Nur die Holzdielen knarrten leise unter Wittes Schuhen, als der Kommissar sein Gewicht verlagerte. Antje befürchtete, dass ihr Kollege die Tür einfach aufbrechen wollte. Doch es war gar nicht nötig, ihn zu bremsen. Nun ertönte nämlich ein Stöhnen aus dem Zimmer. Gleich darauf wurde ein Schlüssel im Schloss gedreht. Nanno Kloob öffnete die Tür. Nach Antjes Meinung sah er ziemlich verschlafen aus. Er war nur mit Boxershorts und einem verschwitzten gelben T-Shirt bekleidet. Seine Ausdünstungen deuteten auf einen beachtlichen Restalkoholgehalt im Blut hin. Der junge Mann mit den wirren dunkelblonden Haaren schaute die Inselpolizisten blinzelnd an.

»Was wollt ihr denn von mir?«, brachte Nanno mit krächzender Stimme hervor.

»Wir möchten uns mit dir unterhalten«, sagte Antje. »Ich könnte mir vorstellen, dass deine Mutter einen Tee für dich hat. Lass uns doch in die Küche gehen.«

Die Kommissarin war freundlich, aber bestimmt. Nannos Blick schweifte von ihr zu Roland und dann wieder zu Antje zurück. Sie hätte zu gern gewusst, was er jetzt dachte. Nanno war ihrer Meinung nach kein besonders raffinierter Krimineller, der die Polizei dank seiner großen Intelligenz austricksen konnte. Vielmehr hielt Antje ihn für eher simpel gestrickt. Dennoch besaß er eine gewisse Bauernschläue. Und Nanno würde gewiss leugnen, ein Verbrechen begangen zu haben.

Noch gab es allerdings auch keinen Beweis dafür, dass er wirklich etwas mit Miekes Tod zu tun hatte.

Der hochgewachsene Blonde gähnte und kratzte sich ungeniert in der rechten Achselhöhle.

»Ja, ein starker Tee könnte jetzt wirklich nicht schaden.«

»Ich werde schon mal den Wasserkessel aufsetzen, mein Junge«, sagte seine Mutter eifrig und eilte voraus in die Küche.

»Ist es in Ordnung, wenn ich mich mal in deinem Zimmer umsehe?«, fragte Roland, nachdem er sich Nanno vorgestellt hatte.

»Meinetwegen, ich habe nichts zu verbergen«, lautete die Antwort. Die Kommissarin warf nur einen flüchtigen Blick in den kleinen, schlauchförmigen Raum. Dort herrschte ein Halbdunkel, weil die Fensterläden geschlossen waren. Nur durch die nun offen stehende Zimmertür drang ein wenig Licht hinein. Trotzdem konnte Antje erkennen, dass in Nannos kleinem Reich absolutes Chaos herrschte. Wahrscheinlich hatte er seiner Mutter verboten, sein Zimmer zu betreten. Der Kontrast zu der Sauberkeit und Ordnung in den übrigen Räumen war jedenfalls nicht zu übersehen.

Der junge Mann schien wirklich noch nicht ganz wach zu sein. Er ließ sich kraftlos wie ein hochbetagter Greis auf einen der Küchenstühle fallen und stützte seine Ellenbogen auf die mit einem bunten Wachstuch bedeckte Tischplatte. Bevor er wieder einschlafen konnte, sprach Antje ihn an. Sie hatte Nanno gegenüber Platz genommen, während Siebke Kloob sich am Herd zu schaffen machte.

»Kannst du dir denken, weshalb wir dich besuchen?«, fragte die Inselpolizistin.

»Weil ihr sofort zu mir kommt, wenn auf Juist jemand ein krummes Ding gedreht hat«, erwiderte Nanno.

»Sei nicht so frech«, mahnte seine Mutter. »Antje, trinkst du einen Tee mit?«

»Ja, gerne. – Mein Kollege und ich sind wegen Mieke Torn hier.«

Nanno zuckte mit den Schultern.

»Ich weiß nicht, wer das ist«, behauptete er.

»Mein Sohn war die ganze Zeit im Haus, das kann ich bezeugen.«

Diese Aussage kam von der Seniorin, die ein sorgenvolles Gesicht machte. Ob sie wusste, was sich ereignet hatte? Antje machte sich keine Illusionen, was Siebke Kloobs Behauptung anging. Die alte Insulanerin war eigentlich ein herzensguter und ehrlicher Mensch. Doch sie setzte eine rosarote Brille auf, wenn es um die Verfehlungen ihres Sohnes ging. Nach Siebkes Meinung war Nanno bei jeder seiner Straftaten stets nur in schlechte Gesellschaft geraten. Und sie hielt ihn keineswegs für arbeitsscheu, er wurde nur von seinem jeweiligen Chef nicht verstanden.

Das nächste Geräusch in der gemütlich eingerichteten Küche kam von dem Pfeifkessel, der weißen Wasserdampf ausstieß. Nannos Mutter füllte die Teekanne mit der heißen Flüssigkeit und stellte einen Teller mit selbst gebackenen Haferkeksen auf den Tisch.

Antje musste sich eingestehen, dass ihr die anheimelnde Atmosphäre in dem alten Friesenhaus gefiel. Doch sie machte hier keinen Höflichkeitsbesuch, sondern musste ein brutales Tötungsdelikt aufklären. Daher sprach sie Nanno so kühl und distanziert wie möglich an: »Laut einer Zeugenaussage hast du Mieke Torn sehr wohl gekannt. Du sollst sie sogar belästigt haben.«

Der junge Mann strich über sein unrasiertes Kinn und schüttelte heftig den Kopf.

»Das stimmt nicht. Wer das behauptet, will mir etwas anhängen. Bloß, weil ich mal gesessen habe, könnt ihr nicht ständig hier aufkreuzen.«

»Nanno ist nicht weggegangen, das kann ich bezeugen!«, wiederholte seine Mutter, bevor die Kommissarin etwas entgegnen konnte. Antje unterdrückte einen Seufzer. Wollte Siebke diese Behauptung jetzt ständig gebetsmühlenartig wiederholen? Alles deutete darauf hin. Am liebsten hätte die

Ermittlerin den Verdächtigen unter vier Augen befragt, aber sie konnte Siebke Kloob ja schlecht aus ihrer eigenen Küche schicken. Und jetzt goss die alte Frau ihr auch noch einen Tee in die traditionell kleine Tasse mit blau-weißem Friesendekor. Es war wirklich nicht leicht, gegenüber solchen netten Leuten dienstlichen Abstand zu wahren.

Antje ließ sich nicht beirren. Sie fragte Nanno: »Wo warst du heute Morgen zwischen fünf und sechs Uhr?«

»Da habe ich noch gepennt!«

»Das stimmt«, beteuerte seine Mutter.

»Du bist also um diese Uhrzeit schon wach gewesen?«, wollte Antje von Siebke wissen. Die alte Frau nickte eifrig.

»Ja, und mein Nanno hat so heftig geschnarcht, dass man es im ganzen Haus gehört hat. – Warum könnt ihr ihn nicht in Ruhe lassen, Antje?«

»Weil wir einen Mordfall aufklären müssen«, gab die Kommissarin zurück. Sie war nun schroffer, als sie beabsichtigt hatte. Doch sie und Roland waren nicht für eine nette Plauderei bei Tee und Keksen gekommen. Außerdem wollte sie die Reaktion auf ihren Satz beobachten.

Siebke Kloob schlug sich die flache Hand vor den Mund und riss die Augen auf. Ihr Sohn schien nun endgültig wach geworden zu sein. Er packte mit beiden Händen die Tischkante, als wenn er sich selbst am Aufspringen hindern wollte.

»Das lasse ich mir nicht anhängen!«, rief er.

Die Seniorin warf ihm einen Blick voller Zweifel und Entsetzen zu. In diesem Moment war Antje endgültig sicher, dass sie für ihren Sohn log. Siebke Kloob konnte einfach nicht anders, in ihren Augen war Nanno stets das unschuldige Opfer widriger Umstände.

»Sag uns einfach, was geschehen ist«, forderte Antje von ihm. In diesem Moment betrat Roland die Küche. Er trug Einweg-Handschuhe aus Latex, die er für die Durchsuchung des Zimmers angelegt hatte. Und der Inselpolizist hielt einen Beutel für Beweisstücke in der Hand, in den er ein Smartphone gelegt hatte.

»Ist das dein Gerät, Nanno?«

»Ja, wieso hast du es dir unter den Nagel gerissen?«, fragte der Verdächtige aggressiv zurück.

»Genau so ein Telefon habe ich bei Mieke gesehen, als ich neulich in der Juister Kajüte war«, erklärte Roland.

»Das ist ein gängiges Modell, jeder Zweite läuft mit so einem Teil aus Südkorea herum«, grollte Nanno. Doch sein Verhalten widersprach seinen Worten. Er schien nämlich davon überrascht worden zu sein, dass der Inselpolizist das Smartphone gefunden hatte. War das Versteck so gut gewesen? Oder gab es einen anderen Grund für sein Benehmen?

Antje holte ihr eigenes Telefon hervor.

»Es lässt sich ja leicht überprüfen, ob du die Wahrheit sagst«, meinte sie. »Ich habe nach der letzten Ermittlung deine Mobilnummer bei mir eingespeichert.«

Mit diesen Worten suchte sie in ihrem elektronischen Telefonbuch nach dem Namen Nanno Kloob und stellte die Verbindung her. Es klingelte – und zwar im Zimmer des Verdächtigen!

Das Telefon im Beweismittel-Beutel gab hingegen keinen Ton von sich.

»Ich habe mich geirrt, das Smartphone gehört mir nicht«, behauptete Nanno. »Und ich weiß nicht, wo du es her hast. Willst du es mir unterschieben?«

»Das ist eine ernste Anschuldigung«, erklärte Roland. Siebke Kloob ergriff mit beiden Händen den rechten Unterarm ihres Sohnes. Es kam Antje so vor, als wenn sie sich am liebsten an ihn gekettet hätte.

»Mein Nanno hat nichts Böses getan!«, rief sie mit einem flehenden Ton in der Stimme. »Ich lasse nicht zu, dass ihr ihn mitnehmt.«

Die Kommissarin überlegte kurz. Für eine Verhaftung reichte die Beweislage momentan noch nicht aus. Abgesehen davon, dass es einige Ungereimtheiten gab, die sie unbedingt mit ihrem Kollegen besprechen wollte.

Antje stand auf, ohne etwas getrunken zu haben.

»Danke für den Tee«, sagte sie trotzdem. »Nanno, ich möchte dich bitten, die Insel nicht zu verlassen. Außerdem müsstet ihr beide im Lauf des Tages zur Polizeiwache kommen, damit wir eure Aussagen schriftlich niederlegen können.«

Kapitel 4

Die Ermittler hatten verabredet, dass sie während der Dienstzeit keine Zärtlichkeiten austauschen und ihren Gefühlen füreinander erst nach Feierabend freien Lauf lassen wollten. Doch zumindest für Witte war es nicht leicht, diesem Vorsatz immer treu zu bleiben. Als sie das Friesenhaus der Kloobs verließen und Antje den Lenker ihres Fahrrads griff, wurde ihr unter der Mütze hervorschauendes Blondhaar von der Sonne mit einem goldenen Schimmer umhüllt. Er konnte seinen Blick nicht von ihr abwenden.

Es muss wohl an diesem Juister Licht liegen, das schon so viele Maler begeistert hat, dachte der Inselpolizist. Doch der wahre Grund bestand darin, dass er bis über beide Ohren verliebt war. Darüber machte er sich keine Illusionen.

»Wo hast du das Telefon gefunden, Roland?«

Diese profane Frage brachte ihn auf den Boden der Tatsachen zurück und erinnerte ihn schmerzhaft daran, dass es bis zum Dienstschluss noch sehr lange hin war.

»Unter dem Fenster, es lag in einem Haufen Schmutzwäsche.«

Antje rümpfte die Nase, nachdem sie diese Information bekommen hatte.

»Du Ärmster! Das scheint mir nicht gerade ein geniales Versteck zu sein. Und Nanno fiel aus allen Wolken, als du das Smartphone präsentiert hast.«

»Du glaubst, er hätte es gar nicht vom Tatort mitgenommen?«, hakte Witte nach.

Während die Inselpolizisten miteinander sprachen, radelten sie zur Polizeiwache zurück. Wegen des geringen Straßenverkehrs war es kein Problem, dass sie nebeneinander fuhren. Sie mussten nur den gelegentlich auf der Fahrbahn liegenden Pferdeäpfeln ausweichen, die zum typischen Juistbild gehörten. Doch Roland nahm diese Hinterlassenschaften gern in Kauf, wenn er sich dafür nicht mit Kamikaze-Autofahrern herumärgern musste, wie es bei seinen früheren Einsätzen der Fall gewesen war. Die Insel-Kutscher fuhren mit Bedacht und tiefenentspannt. Verkehrsunfälle wurden meist nur durch Urlauber verursacht, die auf ihren Leihrädern unsicher unterwegs waren.

Antje erwiderte: »Es kommt mir sinnlos vor, einerseits die SIM-Karte zu zerstören, andererseits aber das eigentliche Telefon zu behalten. Gewiss, Nanno ist nicht die hellste Kerze auf der Torte. Doch so dämlich kann noch nicht mal er sein. Es wäre gut denkbar, dass der wahre Mörder Nanno als Sündenbock benutzen will.«

»Dadurch gerät Jule Dammer unter Verdacht«, gab Witte zu bedenken. »Ihr haben wir den Hinweis auf Nanno zu verdanken. Sie schien aber wirklich verzweifelt zu sein, als sie vom Tod ihrer Trauzeugin und angeblichen Freundin erfahren hat.«

Die Kommissarin schüttelte den Kopf.

»Die Braut muss nicht zwangsläufig etwas mit dem Mord zu tun haben. Es ist ja auf unserer kleinen Insel ein offenes Geheimnis, dass Nanno mehrfach vorbestraft ist, auch wegen Sexualdelikten. Ich stelle mir vor, dass er sich wirklich ohne Erfolg an Mieke herangemacht hat. Der wahre Täter wusste von der Vergangenheit des Blondschopfs und hat die Chance genutzt, den Verdacht auf Nanno zu lenken.«

»Und die SIM-Karte hat er zerstört, weil sein Name in Miekes Telefon stehen könnte?«, hakte der Kommissar nach.

»Richtig, das wird ihm aber nichts nützen! Wir werden von dem Mobilfunkanbieter die Einzelverbindungsnachweise anfordern, dann wissen wir zumindest, mit wem Mieke in letzter Zeit Kontakt hatte. Dabei interessieren mich vor allem die Stunden vor ihrem Tod.«

Die Inselpolizisten erreichten ihre Dienststelle. Witte holte eine Flasche Mineralwasser aus dem Kühlschrank und füllte zwei Gläser. Das Teekochen überließ er gern seiner Kollegin, der als gebürtiger Inselfriesin dieses Ritual im Blut lag. Beim Eingießen von Wasser in Gläser konnte man als Auswärtiger nicht allzu viel verkehrt machen, das traute der Kommissar sich gerade noch zu. Antje nickte, als er ihr das Glas gab.

»Danke, Roland. – Könntest du bitte das Smartphone auf mögliche Fingerabdrücke überprüfen? Mir ist übrigens noch ein weiterer Grund eingefallen, der gegen Nannos Täterschaft spricht.«

»Ich bin gespannt.«

»Der junge Mann ist Linkshänder. Das Messer wurde hingegen wahrscheinlich von der rechten Seite in den Körper gestoßen, wenn mich der erste Eindruck nicht täuscht.«

Witte trank einen Schluck von seinem Wasser. Er lehnte sich gegen die Wand und verschränkte die Arme vor der Brust.

»Also wusste der Täter, dass Nanno vorbestraft war. Er kannte ihn aber nicht gut genug, um an das wichtige Detail mit der Linkshändigkeit zu denken. Dadurch wird der Kreis an Verdächtigen leider nicht gerade kleiner.«

»Das stimmt«, meinte Antje. »Hinzu kommt noch, dass Nanno zuletzt wegen eines Sexualdelikts eingesessen hat. Es deutet aber nichts darauf hin, dass der Mörder sich an Mieke auch vergehen wollte. Der Täter hätte sie ins Innere des Lokals zerren können. Das ist aber nicht geschehen. Das sind lauter Indizien, die gegen Nanno als Täter sprechen.«

Nachdem der Kommissar sein Wasser ausgetrunken hatte, öffnete er den Tatortkoffer, mit dessen Inhalt sich auch Fingerabdrücke sichern ließen. Für umfänglichere kriminaltechnische Untersuchungen musste ein Team vom Festland angefordert werden. Doch einfachere Beweissicherungen konnten die Inselpolizisten auch allein vor Ort durchführen. Seine Kollegin schrieb eine Mail an den Mobilfunkanbieter, um die Einzelverbindungsnachweise von Miekes Smartphone anzufordern.

Das Festnetztelefon klingelte. Antje griff zum Hörer.

»Moin, Sie sprechen mit der Polizei Juist, mein Name ist Fedder. Was kann ich für Sie tun?«

Da der Lautsprecher eingeschaltet war, konnte Witte den Wortwechsel mithören.

»Ich bin Oberkommissarin Lauterbach, Polizeiinspektion Münster. Es geht um die Benachrichtigung von Angehörigen eines Verbrechensopfers, eine gewisse Mieke Torn.«

Der Ermittler warf seiner Kollegin einen Blick zu und bemerkte, wie sie sich unwillkürlich straffte. Sie saß nun kerzengerade auf dem Bürostuhl und beugte sich etwas vor.

»Ja, genau. Wir haben es mit einem Tötungsdelikt zu tun.«

»Ich verstehe, Frau Fedder. Und wie alt ist das Opfer?«

»Das genaue Geburtsdatum habe ich momentan nicht vorliegen, aber Mieke Torn war Anfang zwanzig, vielleicht zweiundzwanzig oder dreiundzwanzig Jahre alt.«

»Wirklich?«

Die Stimme der Münsteraner Kollegin klang irritiert, was wiederum Antje verwirrte. Jedenfalls konnte man nicht übersehen, dass sie ihre Stirn runzelte.

»Das scheint Sie zu erstaunen, Frau Lauterbach.«

»Ja, denn Franziska Torn, bei der ich gewesen bin, hat gar keine Tochter. Ich ließ mir natürlich ihren Personalausweis zeigen. Franziska Torn ist erst dreißig Jahre alt. Daher ist es biologisch so gut wie unmöglich, dass sie vor zweiundzwanzig Jahren ein Kind bekommen hat. Und es gibt auch keine jüngere Schwester. Franziska Torn ist ein Einzelkind. Allerdings hatte sie eine Cousine namens Mieke Torn, die aber schon vor Monaten bei einem Autounfall ums Leben kam.«

»Was hatten Sie für einen Eindruck von der Frau?«, wollte Antje wissen.

»Sie kam mir aufrichtig vor«, erwiderte die Oberkommissarin. »Natürlich habe ich auch eine POLAS-Abfrage gemacht. Franziska Torn wurde vor einem Jahr wegen einer Rangelei bei einem Junggesellinnenabschied verhaftet, weil sie volltrunken war. Die Staatsanwaltschaft hat später das Verfahren gegen sie wegen Geringfügigkeit eingestellt. Wir haben hier in der Stadt jedes Wochenende Junggesellenabschiede, da geht es öfter heftig zu. Franziska Torn arbeitet als Goldschmiedin, sie lebt in gesicherten Verhältnissen.«

»Ich schicke Ihnen ein Foto des Mordopfers«, sagte Antje. »Könnten Sie es bitte der Frau vorlegen und sie fragen, ob sie der angeblichen Mieke Torn schon einmal begegnet ist?«

»Ja, das kann ich gern tun«, gab die Münsteraner Kollegin zurück. Sie versprach, sich wieder zu melden. Zuvor teilte sie noch ihre Mail-Adresse mit. Antje hatte noch am Tatort Bilder von der Leiche gemacht. Sie wählte eine Aufnahme vom Gesicht der Toten und schickte es als Mail-Anhang ins ferne Westfalen.

Witte, der inzwischen mit dem Smartphone beschäftigt war, blickte auf.

»Also haben wir es mit einem geheimnisvollen Opfer zu tun«, stellte er fest.

»Ja, Mieke hatte etwas zu verbergen«, erwiderte die Kommissarin. »Weshalb hat sie den Namen einer Toten benutzt? Ich schaue mal, ob unsere Datenbanken etwas über Mieke Torn hergeben.«

Antje tippte fleißig auf ihrer Tastatur herum, während Roland sich weiterhin mit dem Telefon befasste. Er hatte als Erster ein Ergebnis.

»Jemand hat sämtliche Fingerabdrücke von dem Smartphone abgewischt. Mit anderen Worten: Es sind auch keine von Nanno darauf. Der Täter wollte schlau sein, aber gerade dadurch hat er den blonden Sexstrolch entlastet.«

»Du sagtest doch, dass du das Telefon unter dem Fenster gefunden hättest, Roland. Darüber habe ich noch einmal nachgedacht. Die Fensterläden lassen sich selbst für einen unbegabten Einbrecher leicht öffnen. Und die altmodischen Fenster kann man einfach aufdrücken. Dann muss man das Smartphone nur noch in den Raum fallen lassen und das Fenster wieder schließen.«

»Einverstanden, aber woher wusste der Mörder, in welchem Zimmer Nanno schläft?«, fragte Witte. Antje grinste.

»Womöglich schnarcht er ja wirklich so laut, dass man ihn von draußen hören kann. – Weißt du was? Wir fahren noch einmal zu den Kloobs. Und nimm den Tatortkoffer mit.«

»Du hoffst auf Fußabdrücke vor dem Fenster, Antje?«

»Das wäre zumindest eine Möglichkeit, oder? Um die wahre Identität von Mieke Torn können wir uns später kümmern. In den polizeilichen Datenbanken habe ich sie schon mal nicht gefunden. Die verstorbene echte Mieke Torn hat sich offenbar nichts zuschulden kommen lassen.«

»Und warum hat sie deinem Vater Franziska Torn als ihre angebliche Mutter unterjubeln wollen?«, dachte der Kommissar laut nach.

»Frag mich etwas Einfacheres«, gab Antje trocken zurück. »Außerdem ist mir überhaupt nicht klar, inwieweit Jule Dammer über ihre Freundin Bescheid gewusst hat. Man wählt doch nicht eine Person als Trauzeugin, die man nur oberflächlich kennt.«

Witte packte den Tatortkoffer und zuckte mit den Schultern.

»Dazu kann ich nichts sagen, ich war noch nie verheiratet.« Antje blinzelte ihm zu.

»Wenn es nach meinem Vater ginge, wird dieser Zustand nicht mehr allzu lange anhalten.«

Es war ein offenes Geheimnis, dass Tjark Fedder von einer Hochzeit der beiden träumte. Er hatte sogar schon einmal versucht, Schicksal zu spielen, und sich dafür einen herben Rüffel von seiner Tochter eingefangen. Für Witte und Antje stand fest, dass ihre Romanze noch viel zu frisch war, um einen so entscheidenden Schritt zu tun.

»Vorerst sollten wir beweisen, dass wir auch dienstlich ein Traumpaar sind«, gab Witte freundlich blinzelnd zurück. »Und deshalb bin ich dafür, nicht nur Jule Dammer, sondern auch ihren Zukünftigen gründlich unter die Lupe zu nehmen. Ich glaube nicht an Zufälle, Antje. Miekes Tod war gewiss kein Raubüberfall mit fatalem Ausgang und auch keine Tat von Nanno Kloob. Da muss etwas ganz anderes dahinterstecken.«

»Wir sind wieder einmal derselben Meinung«, erwiderte die Kommissarin. Sie verließen die Wache. Witte befestigte den Tatortkoffer auf dem Gepäckträger seines Fahrrades, und sie fuhren wieder Richtung Flugplatz. Mehrere Touristen schauten ihnen so verblüfft nach, als ob sie noch niemals einen Uniformierten auf einem Rad gesehen hätten. Doch langjährige Juist-Urlauber hatten sich daran gewöhnt, dass die Polizei auf der Insel ohne Streifenwagen vorankommen musste.

Diesmal klingelten sie nicht bei den Kloobs, sondern umrundeten sofort das Haus und schauten sich den Boden unter Nannos Fenster an. Dort waren deutliche Schuhabdrücke zu erkennen. Witte kniete sich hin und begann damit, Gipsabdrücke zu machen.

»Wir sind auf dem richtigen Weg«, meinte er optimistisch. Antje nickte. Sie beugte sich seitwärts vor, um keine Spuren zu zerstören. Die Kommissarin schaute sich die Fensterläden genauer an.

»Hier ist ein wenig von dem Holz abgeschabt«, stellte sie fest. »Wahrscheinlich hat der Eindringling eine Messerklinge benutzt, um den Riegel zu heben. Und in der Dunkelheit wird er die Ritze zwischen den beiden Flügeln zunächst verfehlt haben.«

Mit einem lauten Knarren wurde die Eingangstür geöffnet. Wenig später kamen Nanno Kloob und seine Mutter um die Ecke. Der junge Mann war inzwischen komplett bekleidet, er trug Jeans, Turnschuhe und ein Batik-T-Shirt. Er ballte die Fäuste, griff die Beamten aber nicht an. Seine Stimme klang aggressiv, als er nun den Mund öffnete: »Warum schleicht ihr hier herum? Wir haben euch gehört. Wollt ihr mir noch mehr angebliche Beweise unterschieben?«

»Nun halt mal die Luft an«, gab Witte unbeeindruckt zurück. »Heute ist dein Glückstag, Freundchen. Es sieht nämlich ganz danach aus, dass dich jemand anschwärzen will. Antje und ich sind es ganz bestimmt nicht. Wir vermuten, dass der Täter das Smartphone durch das Fenster in dein Zimmer fallen ließ.«

Und seine Kollegin wandte sich an Nannos Mutter: »Welche Schuhgröße hast du, Siebke?«

»Größe vierzig«, antwortete sie. Witte erhob sich aus seiner knienden Position. Er sprach den jungen Mann an, dessen Mund vor Verblüffung halb offen stehen blieb: »Fällt dir jemand ein, der nicht gut auf dich zu sprechen ist und dir ein Verbrechen in die Schuhe schieben möchte?«

Nanno zog die Augenbrauen zusammen.

»Ich weiß nicht ... die halbe Insel behandelt mich ja wie einen Aussätzigen. Wenn du mal im Knast gesessen hast, gibt man dir keine Chance mehr.«

»Wenn wir dir helfen sollen, dann musst du die Karten auf den Tisch legen«, stellte Antje eindringlich klar. »War etwas zwischen Mieke und dir?«

Der junge Mann zögerte. Doch nun schlug seine Mutter sich auf die Seite der Polizisten: »Sag schon, mein Kleiner! Antje ist ein gutes Mädchen, sie wird dich nicht in die Pfanne hauen.«

Witte musste sich das Schmunzeln verkneifen, denn Siebke Kloob war mindestens einen Kopf kleiner als ihr Sprössling. Die Seniorin hatte im Vergleich zu ihrer geringen Körperlänge wirklich große Füße. Schon ein kurzer Blick bewies dem Kommissar, dass die Spuren unter dem Fenster keinesfalls von der Mutter stammen konnten.

»Ich habe Mieke wirklich nichts getan«, beteuerte Nanno. »Es stimmt, dass ich ein Auge auf sie geworfen hatte. Und ich wollte sie näher kennenlernen, deshalb hab ich mal auf sie gewartet, bis sie in der Juister Kajüte Feierabend gemacht hat.«

»Du hast ihr also aufgelauert«, stellte Antje klar.

»Wenn du das so nennen willst … aber ich ließ mir nichts zuschulden kommen«, behauptete der junge Mann. »Glaubst du, dass ich wieder hinter Gittern landen will? Ich sprach sie an und sagte ihr, dass ich sie hübsch fände. Und ob sie nicht mal mit mir am Strand spazieren gehen wollte. Doch Mieke rief mir zu, dass ich sie in Ruhe lassen solle, sonst würde sie die Polizei holen. Da bekam ich Angst. Es ist bei dem einen Versuch geblieben, ehrlich. Ich habe sie nicht verfolgt und bin ihr aus dem Weg gegangen.«

»Ich will dir gern glauben, aber du warst vorhin ziemlich verkatert«, sagte die Inselpolizistin. »Hast du im Rausch nicht vielleicht doch noch einmal Sehnsucht nach Mieke bekommen und bist in aller Herrgottsfrühe zum Lokal meines Vaters gegangen?«

Nanno schüttelte heftig den Kopf.

»Nein, ganz bestimmt nicht«, beteuerte er.

»Aus welchem Grund hat die Frau dich abblitzen lassen?«, hakte die Kommissarin nach.

»Woher soll ich das wissen?«, gab der junge Mann mürrisch zurück. »Sie wird meine Vergangenheit kennen, so wie alle anderen Insulaner.«

»Es könnte auch einen anderen Grund geben«, stellte Antje klar. »Womöglich hatte Mieke schon einen Freund.«

»Und der könnte sie umgelegt haben!«, rief Nanno aufgeregt. »Worauf wartet ihr noch? Vielleicht hat sie dem Kerl erzählt, dass ich sie treffen wollte. Daraufhin wurde er eifersüchtig, brachte sie um und wollte mir die Sache anhängen.«

»Ja, das wäre möglich«, warf Witte ein. »Die Person, die das Smartphone in dein Zimmer befördert hat, dürfte jedenfalls eine Frau mit kleinen Füßen gewesen sein.«

Nanno zuckte mit den Schultern.

»Es ist euer Job, die Wahrheit herauszufinden«, meinte er.

»Und das werden wir tun«, versicherte Antje. »Vergesst bitte nicht, später eure Aussagen auf der Polizeistation zu machen.«

Witte packte den Tatortkoffer ein und nahm den Gipsabdruck der Fußspuren mit. Die Sonne stand hoch am wolkenlosen Himmel. Da stets eine angenehme Brise wehte, konnte man die Temperaturen gut aushalten. Selbst im Hochsommer wurde es auf Juist kaum jemals unerträglich heiß.

»Also hat vermutlich eine Frau mit Schuhgröße achtunddreißig Nanno das Smartphone untergejubelt«, sagte der Kommissar. »Wir sollten dringend Jule Dammer fragen, welche Schuhgröße sie hat.«

»Selbst wenn es eine Übereinstimmung gibt, beweist das noch überhaupt nichts«, stellte Antje klar. »Es ist allerdings auffällig, dass sie unseren Verdacht sofort auf Nanno lenken wollte. Ich frage mich nur, aus welchem Grund sie ihre eigene Trauzeugin töten sollte.«

»Wir kennen die Hintergründe noch nicht, wissen nichts über das Verhältnis dieser beiden Frauen zueinander«, betonte Witte. »Wo willst du eigentlich hin, Antje?«

Ihm war nämlich aufgefallen, dass seine Kollegin in den Herrenpfad eingebogen war. Doch auf diesem Weg gelangte man nicht zur Polizeistation.

»Ich will noch kurz bei Papa vorbeischauen, Roland. Wir haben ihn nämlich vorhin gar nicht nach Miekes Adresse gefragt.«

»Das stimmt, daran hätte ich auch denken können.«

Der Kommissar glaubte allerdings, dass Antje nicht nur wegen dieser Information die Juister Kajüte ansteuerte. Sie wollte sich wahrscheinlich vergewissern, dass es ihrem Vater gut ging und er sich den Mord auf seinem eigenen Grund und Boden nicht zu sehr zu Herzen nahm. Trotz seiner raubeinigen Art war Tjark nämlich ein Gefühlsmensch, den das Schicksal seiner jungen Kellnerin gewiss nicht unberührt ließ.

Auf der Strandpromenade waren zahlreiche Touristen unterwegs. Im Mai hatte der Ansturm von Urlaubsgästen noch nicht seinen Zenit erreicht. Trotzdem mussten die Inselpolizisten mit ihren Rädern Slalom fahren, um nicht mit den Reisenden zu kollidieren.

Witte fragte sich, ob eine kriminaltechnische Untersuchung des Gastraums noch sinnvoll wäre. Doch in einem beliebten Lokal gab es unzählige Fingerabdrücke und DNA-Spuren. Außerdem sprach nichts dafür, dass der Mörder sich länger im Inneren der Juister Kajüte aufgehalten hatte. Die Ermittler traten durch die weit geöffnete Tür ein.

Tjark Fedder stand hinter der Theke, er hatte den Telefonhörer in der Hand.

»Ihr kommt ja wie gerufen!«, meinte der alte Seebär. »Gerade wollte ich bei euch durchklingeln, Süße.«

Witte wusste, dass Antje es eigentlich nicht mochte, wenn man sie während der Dienstzeit mit Kosenamen bedachte. Doch sie verkniff sich einen Rüffel. Wahrscheinlich, weil sie genauso gespannt war wie der Kommissar selbst.

»Was gibt es denn, Papa?«

Die Antwort des Wirts bestand darin, dass er die schwere Registrierkasse mit beiden Händen anhob und den Ermittlern die Bodenplatte zeigte. Darauf befanden sich zwei breite Klebestreifen.

»Das ist mir vorhin nicht aufgefallen«, gab Witte zu.

»Ich habe es auch nur durch Zufall bemerkt«, sagte Tjark Fedder. »Und ich halte den Boden für ein ziemlich gutes Versteck. Ich meine, ein normaler Dieb würde nach dem Geld Ausschau halten und nicht *unter* der Kasse nachsehen.«

»Also könnte Mieke dort etwas deponiert haben, von dem sie nicht wollte, dass es gefunden wird«, dachte Antje laut nach. »Ein Umschlag vielleicht, ein Foto oder ein Stück Papier.«

»Und der Täter war so clever, dass er es trotzdem aufgespürt hat«, ergänzte Witte.

»Oder auch nicht«, widersprach seine Kollegin. »Mieke könnte den Gegenstand vorher fortgeschafft haben. Wir sollten ihr Zimmer gründlich durchsuchen. – Apropos, Papa: Wo hat deine Kellnerin eigentlich gewohnt?«

»In der Pension Voss«, lautete die Antwort.

Dieser Name sagte Witte etwas. Dieser einfache, aber saubere Beherbergungsbetrieb in der Gräfin-Theda-Straße war die Adresse vieler Saisonkräfte auf Juist. Die Inselpolizisten bedankten sich und fuhren weiter.

»Dein Vater ist ein guter Beobachter«, stellte der Kommissar fest.

»Ja, die vielen Jahre auf See haben ihn geprägt. Da lernst du, wie man aus dem Flug der Vögel das Wetter des nächsten Tages schlussfolgert.«

»Beneidenswert«, gab Witte seufzend zurück. »Und wir haben ein Rätsel mehr: Was wurde unter der Registrierkasse verborgen?«

»Abwarten und Tee trinken«, erwiderte Antje auf ihre trockene inselfriesische Art. In der Pension Voss informierten die Ermittler die Wirtin über den Tod von Mieke Torn und baten sie, das Zimmer der Kellnerin aufzuschließen. Doch als sie den Raum betraten, kamen sie zu spät.

Jemand hatte ein unbeschreibliches Chaos angerichtet.

Kapitel 5

Die Wirtin schlug die Hände über dem Kopf zusammen.

»Was sollen Sie nur von mir denken! Die Zimmer werden täglich gereinigt und aufgeräumt!«

»Bleiben Sie bitte zurück«, sagte Antje scharf, weil die Frau hineinstürmen wollte. Die Kommissarin duzte üblicherweise die Insulaner, die sie seit vielen Jahren kannte. Das traf auf die Besitzerin der Pension Voss nicht zu, daher wurde sie von Antje gesiezt. Verena Voss gehörte zu den »Großstadtflüchtigen«, die ganzjährig die Juister Idylle dem hektischen Alltag einer Millionenstadt vorzogen. Die Wirtin war erst vor ungefähr einem Jahr auf die Insel gekommen und hatte die Pension erworben.

Roland deutete auf die Tür.

»Das ist kein Sicherheitsschloss. Auch ein unbegabter Einbrecher bekommt es leicht auf«, stellte er fest.

Verena Voss errötete.

»Ich habe bei der Renovierung des Gebäudes nicht an neue Schlösser gedacht. Die schönen alten Türen wurden einfach nur abgeschliffen und dann weiß lackiert.«

Antje hatte keine Lust, sich jetzt Geschichten über Verschönerungsaktionen anzuhören.

»Wir müssen das Zimmer durchsuchen«, sagte sie nachdrücklich. »Halten Sie sich bitte zur Verfügung, damit wir Sie später befragen können.«

Man konnte der Wirtin ansehen, dass sie die Inselpolizisten gern bei der Arbeit beobachtet hätte. Doch nun blieb ihr nichts anderes übrig, als sich zurückzuziehen. Die Ermittler schlossen die Zimmertür von innen und zogen sich Latexhandschuhe über.

»Die Dame vermietet ungefähr dreißig Räume«, raunte Roland seiner Kollegin zu. »Es dürfte kein Problem sein, hier unbemerkt einzudringen und sich Zutritt zu verschaffen. Womöglich hatte der Mörder sogar Miekes Zimmerschlüssel, jedenfalls haben wir keinen bei ihr gefunden.«

Antje schaute sich genauer um. Die Einrichtung war spartanisch, wie man es bei einer so günstigen Pension nicht anders erwarten konnte. Es gab ein nicht sehr bequem aussehendes Bett, außerdem einen winzigen Tisch nebst einem Stuhl sowie einen Kleiderschrank und einen Spiegel. Immerhin hatte Mieke einen Wasserkocher besessen, sodass sie sich morgens einen Kaffee oder Tee hatte kochen können. Ein eigenes Bad gab es nicht, das musste sie sich vermutlich mit den Mietern der angrenzenden Zimmer teilen.

Der Täter hatte sämtliche Textilien aus dem Schrank gerissen und auf dem Boden verteilt. Auch die Matratze lag nicht mehr im Bett, dasselbe galt für den Lattenrost. Die Schublade des kleinen Nachtschränkchens war herausgezogen worden. Außerdem erblickte die Kommissarin ein paar Illustrierte und Papiere.

Die Kommissarin rückte das Bett von der Wand ab und schaute hinter das Kopfteil.

»Offenbar hat der Einbrecher nicht gründlich genug gesucht, Roland.«

»Wie meinst du das?«, gab ihr Kollege zurück.

Antje zog ein Tagebuch hervor und sagte: »Es war in einer Art Futteral am Kopfteil des Bettes befestigt, in der schmalen Spalte zwischen Bett und Wand. Wenn der Täter etwas gründlicher gewesen wäre, stünden wir jetzt mit leeren Händen da.«

»Meinst du, dass er es auf das Tagebuch abgesehen hatte?«

»Das wird sich hoffentlich zeigen, wenn ich darin lese«, sagte sie und legte die mit einem stabilen Pappeinband versehene Kladde zur Seite. Sie fuhr fort: »Ich werde die

Seiten gleich mal überfliegen, vielleicht finde ich auf Anhieb etwas Wichtiges.«

»Ich kann auch noch eine Überlegung beisteuern«, sagte Roland.

»Lass hören.«

»Der Mörder muss Miekes Juister Adresse gekannt haben, Antje. Selbst wenn er ihren Personalausweis bei ihr gefunden hat, steht darin vermutlich nur ihre Heimatanschrift. Ich bin sowieso nicht sicher, ob sie überhaupt so ein Dokument besitzt. Du weißt so gut wie ich, dass es nicht so einfach ist, einen Bundespersonalausweis zu fälschen. Dafür muss man auf dem Schwarzmarkt ein hübsches Sümmchen hinblättern.«

»Mieke muss eine Möglichkeit gefunden haben, unter falschem Namen sozialversicherungspflichtig tätig zu werden«, gab Antje zurück, während sie in dem Tagebuch zu blättern begann. Sie fuhr fort: »So, wie ich meinen Papa kenne, hat er Mieke nicht schwarz bei sich arbeiten lassen. Ihr Job als Kellnerin wird also ganz offiziell angemeldet gewesen sein. Aber eins verstehe ich nicht: Wenn jemand schon so viel kriminelle Energie hat, um sich eine neue Identität aufzubauen – warum gibt man sich dann mit einem Gastronomielohn zufrieden? Dort kann man sich keine goldene Nase verdienen.«

»Vielleicht hältst du die Antwort auf deine Frage schon in Händen«, mutmaßte der Kommissar.

»Ich bin jedenfalls gespannt«, erwiderte Antje. Sie begann damit, die Seiten zu überfliegen. Die Handschrift der Tagebuchschreiberin war gewiss die einer jungen Frau. Die Inselpolizistin maßte sich nicht an, so viel Fachwissen wie eine Grafologin zu haben. Doch während ihrer Berufsjahre hatte sie schon so viele verschiedene Handschriften zu sehen bekommen, dass sie glaubte, zumindest das Alter und Geschlecht des Schreibers zuordnen zu können.

»Es ist jedenfalls nicht so einfach, unter falschem Namen sozialversicherungspflichtig zu arbeiten«, stellte Witte klar. »Ich werde später mal beim Landeskriminalamt anrufen. Dort gibt es gewiss Spezialisten, denen ähnliche Fälle schon mal auf den Schreibtisch gekommen sind.«

Das war eine gute Idee, wie Antje fand. Während sie sich in die Lektüre vertiefte, durchsuchte Roland systematisch das Zimmer. Er kniete sich hin und rollte den Bettvorleger auf. Daran hatte der vorherige Eindringling scheinbar nicht gedacht. Doch der Kommissar fand nichts Verdächtiges. Als Nächstes schaute er die Kleidungsstücke durch.

»Wenn der Täter gefunden hat, was er suchte, verschwenden wir hier nur unsere Zeit«, murrte er. »Hast du schon etwas Brauchbares entdecken können, Antje?«

Sie antwortete mit einer Gegenfrage.

»Der Prinzipalmarkt befindet sich doch in Münster, oder?«

»Ja, das ist ein zentraler Punkt in der Stadt, soweit ich weiß. Das lässt sich doch leicht nachprüfen.«

»In diesem Tagebuch ist von einem Treffen auf dem Prinzipalmarkt die Rede«, erklärte die Inselpolizistin. »Die Spur scheint also wirklich nach Münster zu führen. Im Moment spricht alles dafür, dass dieses Tagebuch wirklich von der Frau geschrieben wurde, die sich Mieke Torn nennt. Ich nehme es mit und lese es auf der Wache in Ruhe durch. Mit etwas Glück finden wir darin Hinweise auf den wahren Namen unseres Mordopfers. Ich habe gerade schon mal eine Passage gefunden, in der von einer gewissen Jule die Rede ist.«

»Also kannten die beiden Frauen einander tatsächlich?«, hakte Roland nach. »Ich möchte zu gern wissen, ob Jule Dammer wusste, dass Mieke ein falscher Name ist. Und ob sie trotz ihrer offensichtlichen Verzweiflung die Mörderin ist.«

»Bevor wir sie mit diesem Verdacht konfrontieren, sollten wir zumindest ein überzeugendes Motiv präsentieren können«, gab Antje zu bedenken. Sie fügte hinzu: »Wahrscheinlich ist es kein Problem, sich in aller Herrgottsfrühe aus dem Hotel Pacific zu schleichen. Vor allem, da die Dammer momentan noch ein Einzelzimmer bewohnt, wenn ich das richtig verstanden habe. Aber es muss schon einen überzeugenden Grund dafür geben, die eigene Trauzeugin umzubringen.«

»Solange wir Miekes wahren Namen und Hintergrund nicht kennen, tappen wir sowieso im Dunkeln«, mutmaßte Roland.

»Ich würde dir gern widersprechen, aber das kann ich nicht«, erwiderte Antje. Bevor sie noch mehr sagen konnte, klingelte ihr Smartphone. Auf dem Display erschienen die Worte: PAPA RUFT AN.

Ob ihrem Vater noch ein weiterer Hinweis eingefallen war? Gespannt nahm die Kommissarin das Gespräch an.

»Moin.«

Die Stimme ihres Vaters klang kurzatmig. Außerdem war im Hintergrund das Gemurmel mehrerer Menschen zu hören. Augenblicklich sorgte Antje sich wieder um ihren Papa.

»Ich hatte dir doch von dem Bengel erzählt, der Mieke angebaggert hat und den ich hinauswerfen musste …«

Ihr Pulsschlag beschleunigte sich noch mehr.

»Ja, ich bin im Bild. Hast du ihn noch einmal gesehen?«

»Gesehen?«, echote der alte Seebär. »Nein, noch viel besser: Ich habe ihn verhaftet!«

Kapitel 6

Antjes Schrecksekunde dauerte nur kurz. Als Polizeibeamtin war ihr bekannt, dass die Grenzen für eine sogenannte Jedermann-Verhaftung äußerst eng gesteckt waren. Theoretisch durfte jeder Bürger einen Straftäter festhalten, bis die Polizei eintraf. Falls sich dann allerdings die Unschuld des Verdächtigen herausstellte oder es gar keinen plausiblen Grund für das Einschreiten gab, war gewaltiger Ärger vorprogrammiert. Die Kommissarin musste sich dazu zwingen, möglichst ruhig und eindringlich zu sprechen.

»Wo genau bist du, Papa?«

»Direkt beim Schiffchenteich. Der Knabe wollte abhauen, und das geht natürlich nicht. Ich habe ihn zu Boden gebracht. Und er zappelt jetzt nicht mehr. Das ist auch besser so, sonst würde ich ihm nämlich den Arm auskugeln.«

Die Worte ihres Vaters trugen nicht zu Antjes Beruhigung bei. Es sah ganz danach aus, als ob der Wirt sich gerade in Teufels Küche gebracht hätte. Nun konnte die Inselpolizistin nur noch hoffen, dass der verhaftete junge Mann wirklich Dreck am Stecken hatte.

»Du rührst dich bitte nicht von der Stelle, Roland und ich sind gleich da!«

Mit diesen Worten beendete sie das Telefonat. Ihr Kollege schaute sie fragend an.

»Was ist geschehen?«

Antje gab kurz wieder, was sie soeben erfahren hatte. Trotz ihrer Aufregung fand sie noch die Zeit, das Tagebuch in einen Beutel für Beweisstücke zu schieben. Dann eilten die beiden aus dem Zimmer, das sie noch schnell polizeilich versiegelten. Die Ermittler sprinteten zu ihren Fahrrädern, die sie draußen geparkt hatten.

»Womöglich hat Tjark ja wirklich den Mörder gefangen«, meinte Witte.

»Dein Wort in Gottes Ohr, Roland! Warum konnte Papa uns nicht einfach anrufen, anstatt selbst einzugreifen? Der Täter wäre uns schon nicht entwischt. So einfach ist es wirklich nicht, von Juist zu fliehen!«

»Du kennst doch deinen Vater«, gab der Kommissar zu bedenken. »Von irgendjemandem musst du deinen Sinn für Gerechtigkeit ja geerbt haben.«

»Ja, das stimmt schon«, murmelte sie. Die beiden rasten los und erreichten wenig später den Kurplatz schräg gegenüber vom Hotel Atlantik. Von dort aus war der Fähranleger nur noch einen Steinwurf weit entfernt. Während der Saison gab es hier traditionelle Kurkonzerte, und der gemauerte Schiffchenteich war ein Paradies für kleine und große Freizeitkapitäne mit ihren Modellbooten.

Momentan hatte sich hier allerdings wegen einer anderen Sensation eine kleine Menschentraube gebildet. Die Inselpolizisten ließen ihre Räder zu Boden gleiten und bahnten sich einen Weg zwischen den Schaulustigen hindurch.

Ein junger blonder Mann in knielangen Jeansshorts und grünem Polohemd lag leise keuchend flach auf dem Bauch. Tjark Fedder saß auf ihm, wobei er ein Knie ins Kreuz des Blonden drückte und dessen rechten Arm auf den Rücken gedreht hatte.

»Es ist gut, Papa«, sagte Antje. »Ab jetzt übernehmen wir.«

Der Wirt nickte und erhob sich, wobei er die Elbsegler-Mütze auf seinem mächtigen Schädel wieder zurechtrückte. Der junge Mann hingegen schnellte vom Boden hoch wie ein Kastenteufel, der aus seiner Schachtel springt.

»Dieser wild gewordene Graubart ist Ihr Vater? Haben Sie ihn zum Hilfssheriff ernannt? Ich will ihn wegen Freiheitsberaubung und Körperverletzung anzeigen!«

Die schrille Stimme des jungen Mannes malträtierte Antjes Trommelfelle. Sie hielt seinem aufgeregten Blick stand.

»Kommen Sie bitte mit auf die Polizeiwache, dort können wir alles in Ruhe besprechen.«

Währenddessen schaffte Witte es, den kleinen Menschenauflauf mit einigen freundlichen Aufforderungen zu zerstreuen. Der Blonde machte keine Anstalten, Antjes Aufforderung nachzukommen. Er gestikulierte wild und wurde immer hysterischer: »Ich soll Ihnen folgen, obwohl ich hier das Opfer bin? Das hätte ich mir denken können. Ihr Insulaner steckt doch alle unter einer Decke. Vor allem, da Sie mit dem Täter auch noch verwandt sind!«

Tjark runzelte die Stirn. Die Reaktion des jungen Mannes gefiel ihm überhaupt nicht. Die Kommissarin wollte die Situation auflösen, bevor sie noch mehr aus dem Ruder lief. Sie trat einen Schritt auf den Blonden zu und schaute ihm in die Augen. Ihr Verdacht bestätigte sich.

»Sie sollten besser den Ball flachhalten«, sagte sie mit gedämpfter Stimme. »Sie wissen genau, weshalb Sie nicht das Unschuldslamm sind.«

Bei dieser Anspielung ließ sie es vorerst bewenden. Die Inselpolizistin wollte hier in der Öffentlichkeit nicht ins Detail gehen, zumal Unbeteiligte zuhören konnten. Sie wandte sich nun an ihren Vater: »Danke für deine Hilfe, Papa. Wir kommen später noch einmal zu dir und besprechen die Einzelheiten.«

Tjark Fedder nickte und tippte an seinen Mützenschirm.

»Ich helfe gern. Eigentlich wollte ich nur zum Supermarkt, um noch ein paar Kleinigkeiten für das Mittagsgeschäft einzukaufen. Da fiel mir dieser komische Vogel auf.«

Mit diesen Worten griff Antjes Vater nach seinem Fahrrad, das er an einen nahe gelegenen Laternenpfahl gelehnt hatte. Dann schwang er sich in den Sattel und fuhr in Richtung Ortskern davon.

Die Ansprache der Kommissarin hatte ihre Wirkung auf den Blonden nicht verfehlt. Er gab einen langgezogenen Seufzer von sich und schob seine Hände in die Hosentaschen.

»Also gut, wenn es sein muss … ich will den Alten aber auf jeden Fall anzeigen! Hoffentlich ist es nicht so weit bis zur Wache.«

»Auf Juist gibt es keine großen Entfernungen«, sagte Witte munter. Die Ermittler schoben ihre Räder, da der Verdächtige zu Fuß unterwegs war.

Antje schloss die Dienststelle auf. Wenn die beiden Inselpolizisten dort nicht anwesend waren, leitete sie die Anrufe stets auf ihr Smartphone um. Momentan gab es zum Glück keine weiteren Personen, die Hilfe oder Unterstützung durch die Ordnungsmacht benötigten.

Antje deutete auf den Besucherstuhl neben ihrem Schreibtisch. Der Blonde ließ sich auf das Sitzmöbel fallen, als ob er gerade einen Marathonlauf absolviert hätte. Um seine Kondition schien es nicht zum Besten bestellt zu sein. Die Kommissarin sprach ihren Kollegen an: »Roland, holst du bitte einen Drogenwischtest?«

Der junge Mann zeigte keine Reaktion, er schien sich sicher zu fühlen.

»Ist das denn wirklich nötig, mir meine Zeit zu stehlen?«

»Wir werden sehen«, gab die Kommissarin zurück. »Zunächst hätte ich gern Ihren Personalausweis.«

Widerwillig griff er in seine Tasche und holte das Dokument hervor. Falls die Angaben stimmten, hieß er Thomas Scheffler und stammte aus Wuppertal. Antje gab ihm den Ausweis zurück und stellte zunächst ihren Kollegen und sich selbst mit Namen und Dienstgrad vor. Außerdem hatte sie bereits ihren PC hochgefahren, um eine POLAS-Abfrage zu starten. Das Ergebnis ließ nicht lange auf sich warten.

»Sie wurden schon öfter wegen Verstößen gegen das Betäubungsmittelgesetz verurteilt, Herr Scheffler«, stellte sie fest.

»Wenn das da in Ihrer schlauen Kiste steht, wird es wohl stimmen«, murrte Scheffler. »Ich hab echt alles getan, um von den Drogen wegzukommen.«

Roland hatte inzwischen das Test-Kit geholt. Er warf seiner Kollegin einen fragenden Blick zu.

»Wie lautet doch das Zitat? *Vertrauen ist gut, Kontrolle ist besser?* Zeigen Sie dem Kommissar Ihre Hände«, ordnete Antje an. Sie hatte schon beim Schiffchenteich bemerkt, dass der Verdächtige sehr nervös war.

Roland nahm den Wischtest vor, aber das Ergebnis war negativ.

»Sehen Sie? Ich bin so unschuldig wie frisch gefallener Schnee«, höhnte Scheffler.

»Das wird sich zeigen, Sportsfreund«, gab Roland unbeeindruckt zurück. »Kommen Sie mit nach nebenan, ich mache eine Leibesvisitation mit Ihnen.«

Der Verdächtige war nicht begeistert, musste sich aber fügen. Kurze Zeit später kehrten die beiden Männer aus dem Nebenraum zurück. Witte trug jetzt Latexhandschuhe. Er legte ein Tütchen mit Pillen auf den Schreibtisch.

»Er hatte sie in der Unterhose. Und die sind garantiert nicht gegen Kopfschmerzen, da gehe ich jede Wette ein«, sagte der Kommissar.

»Ich habe wirklich versucht, die Finger von den Drogen zu lassen«, behauptete Scheffler. »Aber ohne ein wenig Speed würde ich es in meinem Drecksjob gar nicht aushalten.«

Noch wussten die Ermittler nicht, ob Scheffler etwas mit dem Mord an Mieke zu tun hatte. Doch eines Gesetzesverstoßes hatte er sich durch den Besitz der illegalen Drogen auf jeden Fall schuldig gemacht, weshalb er auch bis zum Eintreffen der Polizei festgehalten werden durfte.

Diese Tatsache fand Antje sehr beruhigend.

»Sie sind nicht als Tourist auf der Insel?«, vergewisserte sie sich.

»Soll das ein Witz sein?«, gab der junge Mann zurück. »Ich schufte als Spülhilfe im Hotel Pacific.«

Die Kommissarin horchte auf. Und das nicht nur, weil in diesem Beherbergungsbetrieb Jule Dammer und ihr Verlobter untergebracht waren.

»Ach, wirklich? Soweit ich weiß, verfügt das Hotel Pacific nicht über Personalzimmer.«

»Das stimmt, Frau Fedder. Mein Boss hat für mich eine Bude in der Pension Voss angemietet, wo ich während der Saison hausen muss. Aber lenken Sie nicht ab, ich will Strafanzeige gegen Ihren Vater stellen!«

»Sie haben das Recht dazu, obwohl ich es mir an Ihrer Stelle noch einmal überlegen würde«, erwiderte Antje. »Wir können Ihnen nämlich schon jetzt nachweisen, dass Sie eine illegale Substanz bei sich hatten. Und über den Mord an Mieke Torn haben wir bisher noch gar nicht gesprochen!«

Sie warf Scheffler einen harten Blick zu. Der junge Mann rang nach Atem. Auf seiner Stirn erschienen zahlreiche winzige Schweißtropfen. Die Kommissarin war sicher, dass seine Haut sich kalt anfühlte. Sie verspürte allerdings nicht die geringste Lust, ihn zu berühren. Stattdessen beobachtete Antje ihn weiterhin genau.

»Mieke? Wer soll das sein?«, stammelte Scheffler.

»Sie sind ein miserabler Schauspieler«, warf Witte ein. »Und an Herrn Fedder sollten Sie sich eigentlich erinnern. Er hat Sie neulich herausgeworfen, als Sie gegenüber seiner Kellnerin frech geworden sind. Übrigens hieß sie Mieke Torn und wohnte ebenfalls in der Pension Voss. Ist das nicht ein merkwürdiger Zufall?«

»Die Bedienung ist tot?!«, stieß der junge Mann hervor. »Damit habe ich nichts zu schaffen. Und ich wusste nicht, dass sie auch da lebt, wo ich untergebracht bin!«

»Das sollen wir Ihnen glauben?«, fragte die Inselpolizistin skeptisch.

»Ja, warum nicht? Das ist doch keine kleine Familienpension mit drei oder vier Zimmern!«, rief Scheffler. »Und ich frühstücke dort nur selten, weil ich Schichtdienst habe. Wenn ich erst um zwei Uhr morgens ins Bett komme, dann werde ich mir bestimmt nicht schon um neun wieder ein Brötchen hinter die Kiemen schieben.«

»Wo waren Sie heute Morgen, ungefähr zwischen fünf und acht Uhr?«, wollte die Kommissarin wissen.

»Da habe ich noch gepennt«, beteuerte der Verdächtige.

»Kann das jemand bezeugen?«

»Wer denn, Frau Fedder? Ich bin Single, habe keine Freundin.«

»Und diesen Zustand wollten Sie ändern, indem Sie Ihr Glück bei Mieke versucht haben«, vermutete Witte. »Nur leider hatte die junge Dame so überhaupt kein Interesse an Ihnen. Hinzu kam die Demütigung, achtkantig aus dem Lokal geflogen zu sein. Also beschlossen Sie, Mieke aufzulauern. Als sie in aller Herrgottsfrühe die Pension verließ, bekamen Sie es mit und folgten ihr. Als Mieke das Lokal aufschloss, wurde sie von Ihnen niedergestochen.«

»Sie spinnen doch!«, rief Scheffler aufgebracht. »Nur, weil ich mal ein paar verbotene Pillen einwerfe, bin ich doch kein Mörder!«

Nach Antjes Meinung ging sein Versuch, sich durch die Drogensucht zu entlasten, nach hinten los. Gerade weil Scheffler mehr oder weniger regelmäßig Rauschgift konsumierte, war er zur Tatzeit womöglich nicht Herr seiner Sinne gewesen. Andererseits – der Mord an Mieke wies keine Anzeichen eines Sexualdelikts auf. Würde Scheffler, der die Kellnerin ja angebaggert hatte, nicht wenigstens etwas in der Richtung versucht haben? Und wie passten die Klebestreifen unter der Registrierkasse in das Bild?

»Wir vernehmen Sie als Beschuldigten einer Straftat«, erklärte die Kommissarin. »Sie müssen sich nicht selbst belasten, und Sie können einen Anwalt verlangen.«

»Ich habe die Kleine nicht getötet«, beharrte Scheffler.

Roland trat einen Schritt auf ihn zu und legte ihm eine Hand auf die Schulter.

»Wissen Sie was? Ich glaube Ihnen. Aber Sie müssen auch uns verstehen. Wir haben die Aufgabe, den Mörder hinter Gitter zu bringen. Wenn Sie uns dabei helfen, kann sich das positiv auf Ihr Strafmaß bei der Drogensache auswirken. Die Richter mögen es, wenn ein Täter Reue zeigt, indem er mit der Polizei kooperiert.«

Scheffler warf dem Kommissar einen seltsamen Blick zu. Vermutlich dachte er darüber nach, ob er verschaukelt werden sollte. Doch Witte schien den richtigen Ton getroffen zu haben. Er sprach mit dem jungen Mann, als ob er dessen großer Bruder wäre, der ihm aus der Patsche helfen konnte. Vielleicht war es für Scheffler einfacher, sich einer männlichen Person zu öffnen. Antje beschloss, sich nun zurückzuhalten. Die Hauptsache war, dass sie und ihr Kollege dem Verdächtigen Informationen entlocken konnten.

»Sie sollten nach dem anderen Kerl suchen, der in der Pension war!«, platzte Scheffler heraus. Witte hatte sich auf Antjes Schreibtischkante gesetzt, sodass er genau wie die Kommissarin den Drogenkonsumenten direkt im Blickfeld hatte. Der junge Mann rutschte auf seinem Stuhl hin und her, fuhr sich alle paar Sekunden mit den Fingern durchs Haar. Antje schluckte die Frage hinunter, ob er Rechtshänder war. Das konnte man später immer noch herausfinden. Ob sich dort wirklich noch jemand herumgetrieben hatte? Oder entsprang diese Person nur Schefflers Fantasie, weil er von sich selbst ablenken wollte?

»Erzählen Sie uns mehr«, forderte Witte. »Wer ist dieser andere Kerl?«

»Wenn ich das wüsste!«, brachte der Verdächtige stöhnend hervor. »Ich habe nicht ganz die Wahrheit gesagt. Die Kellnerin ist mir in der Pension öfter über den Weg gelaufen. Ich fand sie hübsch, aber sie hat mich immer nur gegrüßt. Ein längeres Gespräch gab es nicht, wahrscheinlich war ich nicht dreist genug.«

Das kann stimmen, dachte Antje. Wie ein Draufgänger oder Frauenheld kam Scheffler ihr nicht vor. Wahrscheinlich hatte er zu viel Alkohol oder Drogen intus, als er Mieke in der Juister Kajüte belästigte. In nüchternem Zustand hätte er sich womöglich niemals so verhalten.

Er redete weiter: »Als ich mal spät am Abend von der Arbeit kam, ging ich an ihrem Zimmer vorbei. Und da konnte ich hören, dass ein Kerl bei ihr war.«

»Wie fanden Sie das heraus?«, hakte der Kommissar nach.

Scheffler errötete. Diese Reaktion war eindeutig genug. Er warf Antje einen scheuen Blick zu.

»Muss ich das wirklich sagen?«, murmelte er.

»Es waren also eindeutige Geräusche zu hören«, vergewisserte Witte sich. Der junge Mann nickte und sagte: »Ja, und der Kerl sprach auch mit ihr. Ich konnte nur einen Satz verstehen.«

»Erinnern Sie sich noch daran?«

Diese Frage kam von Antje. Sie hatte das Verhör eigentlich ihrem Kollegen überlassen wollen, hielt es aber vor Anspannung nicht mehr aus.

»Der Kerl meinte, dass er Carlos immer beneidet hätte.«

»Also lautete der Satz: *Ich habe Carlos immer beneidet*?«

»Ja, Herr Witte.«

»Konnten Sie sich einen Reim darauf machen?«, wollte der Inselpolizist wissen.

»Nee, überhaupt nicht. Ich kenne keinen Carlos. Falls ein Typ mit diesem Namen in der Pension wohnt, ist er mir nie begegnet. Da sind auch ein paar Osteuropäer untergebracht, aber Carlos klingt ja nun nicht gerade polnisch oder ukrainisch.«

»Das kann man nicht behaupten«, stimmte Roland zu.

Scheffler hatte offenbar Vertrauen gefasst. Jedenfalls redete er weiter, ohne dass er dazu aufgefordert werden musste: »Ich dachte mir, dass dieser Carlos vielleicht ein anderer Freund oder Ex-Freund der Kellnerin wäre. Und … ich rechnete mir nun ebenfalls Chancen bei ihr aus.«

Er hoffte, dass Mieke leicht zu haben wäre, dachte Antje. Sie machte allerdings nicht den Fehler, diese Überlegung offen auszusprechen. Wenn Scheffler erneut in Verlegenheit gebracht wurde, würde er womöglich gar nichts mehr sagen.

»Würden Sie die Stimme von Miekes Liebhaber wiedererkennen?«, fragte Witte.

»Ich weiß nicht … das wäre schon möglich«, murmelte der junge Mann.

»Wissen Sie noch, wann dieses Liebesspiel über die Bühne gegangen ist?«, hakte der Kommissar nach.

»Das muss jetzt drei Nächte her sein. Als ich dann gestern freihatte, hab ich einen über den Durst getrunken. Ich wusste, dass die Kellnerin in der Juister Kajüte arbeitet. Also sprach ich sie dort an, aber Ihr Vater musste mich ja gleich vor die Tür setzen!«

Der letzte Satz war natürlich an Antje gerichtet.

»Woher wussten Sie, dass Mieke in der Juister Kajüte bedient?«, wollte die Ermittlerin wissen. Diese Frage schien Scheffler unangenehm zu sein, aber er beantwortete sie doch.

»Womöglich bin ich ihr schon früher mal nachgeschli-
chen«, murmelte er.

Kapitel 7

Antje tippte seine Aussage gleich in den Computer und druckte sie aus. Der Verdächtige las sich die Seiten sorgfältig durch, bevor er seine Unterschrift auf den letzten DIN-A4-Bogen kritzelte.

»Was passiert jetzt?«, wollte er wissen. Plötzlich kam Scheffler der Kommissarin wie ein Kind vor, das zu schnell erwachsen geworden ist.

»Mein Kollege geht jetzt noch mit Ihnen zum Arzt, damit Ihnen eine Blutprobe entnommen wird. Die schicken wir an die Staatsanwaltschaft in Emden. Inwieweit Ihr Drogendelikt verfolgt wird, entscheiden wir nicht.«

»Aber Sie wollten doch ein gutes Wort für mich einlegen, Frau Fedder!«

»Das tun wir auch, falls es zu einem Prozess kommt«, betonte die Inselpolizistin. »Und es wäre wirklich gut, wenn wir bei der Identifizierung von Miekes Liebhaber auf Sie zählen könnten.«

»Ich werde mir Mühe geben«, versprach der junge Mann. Roland erhob sich von der Schreibtischkante und setzte seine Mütze auf.

»Gehen wir«, sagte er zu Scheffler. Dann nickte der Kommissar Antje zu und verließ gemeinsam mit dem Drogenkonsumenten das Wachlokal. Die Inselpolizistin kochte sich zunächst einen Tee, um besser nachdenken zu können.

Die entscheidende Frage lautete, ob Scheffler gelogen hatte. Existierte dieser Carlos wirklich? Wenn ein Mann mit diesem Namen in Miekes Leben eine Rolle gespielt hatte, dann würde sie sich gewiss ihrem Tagebuch anvertraut haben. Oder? Das hätte Antje zumindest getan, wenn sie anstelle des Opfers gewesen wäre. Obwohl sie niemals so eine Kladde geführt hatte, noch nicht einmal als Teenager.

Es widersprach einfach ihrem Wesen, die geheimsten Gedanken und Gefühle aufzuschreiben. Deshalb verspürte die Kommissarin auch einen natürlichen Widerwillen dagegen, in dem Tagebuch zu lesen. Andererseits enthielten die Seiten womöglich konkrete Hinweise auf die Person, die Mieke umgebracht hatte. Vielleicht gelang es Antje sogar, die wahre Identität des Mordopfers herauszufinden.

Als das Wasser kochte und sie den Tee aufgesetzt hatte, nahm die Kommissarin am Schreibtisch Platz und schlug das Tagebuch auf. Sie legte ihren Notizblock daneben, um ihre Überlegungen gleich zu Papier bringen zu können.

Mieke war offenbar eine fleißige Schreiberin gewesen. Die ersten Einträge hatte sie ungefähr acht Monate vor ihrem Tod gemacht. Jeden Tag vertraute sie der Kladde ihre Erlebnisse an. Und die hatten es in sich.

Denn in Münster war Mieke keine Kellnerin gewesen, sondern eine Taschendiebin!

An dieser Schlussfolgerung ließen die Aufzeichnungen jedenfalls keinen Zweifel. Es war ihr offenbar fast jeden Tag gelungen, Beute zu machen. Meistens konnte Mieke Brieftaschen klauen, gelegentlich glückte ihr auch der Griff in eine teure Damenhandtasche. Und sie verstand sich auch darauf, einer Betrunkenen Ringe von den Fingern zu ziehen und Armreifen von den Handgelenken zu lösen.

Antje wusste, dass Münster eine sehr wohlhabende Stadt war, die auch zahlreiche Touristen anzog. Dort konnte eine geschickte Taschendiebin sich gewiss gut über Wasser halten, zumal Mieke völlig unverdächtig wirkte. Viele Menschen in Großstädten machten beispielsweise einen Bogen um Obdachlose, wenngleich sie von diesen nichts zu befürchten hatten. Doch eine hübsche junge Dame wie Mieke würden die meisten Leute in ihre Nähe lassen, ohne etwas Böses zu ahnen.

Die Inselpolizistin war lange genug bei der Polizei, um sich über die Motive von Verbrechern keine Illusionen zu machen. Wenn eine erfolgreiche Taschendiebin plötzlich unter falschem Namen als Kellnerin anheuerte, dann konnte es dafür nur einen plausiblen Grund geben: Mieke hatte einen richtig großen Coup geplant!

Oder?

Eine andere Erklärung fiel Antje nicht ein. An eine plötzliche Läuterung der Verbrecherin konnte sie nicht wirklich glauben. Natürlich freute sie als Polizeibeamtin sich über jeden Kriminellen, den man auf den Pfad der Tugend zurückbringen konnte. Oder war tatsächlich etwas geschehen, durch das Miekes Leben sich grundlegend verändert hatte? Die Kommissarin führte sich vor Augen, dass die Tote in Wirklichkeit anders hieß. Womöglich hatte man sie unter ihrem echten Namen verhaftet, und sie konnte es sich nicht mehr erlauben, beim Klauen erwischt zu werden?

Antje ermahnte sich selbst, keine voreiligen Schlüsse zu ziehen. Sie las lieber weiter. Und ein paar Seiten später stieß sie auf den Namen Carlos! Es war offensichtlich, dass Mieke sich bis über beide Ohren in diesen rätselhaften Spanier verliebt hatte. Er war ihr bei einer Party begegnet, wo sie sich als Studentin ausgab. Wenn die Kommissarin Miekes Anspielungen richtig verstand, dann war die junge Frau bereits am ersten Abend mit Carlos im Bett gelandet. Sie schien diesem Mann mit Haut und Haaren verfallen zu sein. Antje begann zu ahnen, dass diese Beziehung unter keinem guten Stern stand. Sie war so vertieft in ihre Lektüre, dass sie die Rückkehr ihres Kollegen zunächst gar nicht bemerkte.

»Hast du einen Hinweis gefunden, Antje?«

»Halt den Mund und lass mich weiterlesen!«

Kaum war ihr dieser Satz über die Lippen gekommen, als sie ihn auch schon bereute. Der Kommissar zuckte mit den Schultern.

»Ich wollte dich nicht stören, Antje. Den Anruf beim Landeskriminalamt kann ich auch draußen mit dem Smartphone erledigen.«

Bevor sie etwas entgegnen konnte, verließ der Kommissar die Wache wieder. Antje schaute durchs Fenster und sah ihn ein Stück weit von dem Haus entfernt telefonieren. Sie hörte seine Stimme, konnte aber nicht verstehen, worum es sich bei dem Gespräch drehte. Jedenfalls wurde Antje von ihrem schlechten Gewissen geplagt. Sie hatte Roland gar nicht anpflaumen wollen. Aber sie war durch sein Erscheinen aus der Konzentration gerissen worden, als sie gerade neue Informationen in sich aufgesogen hatte.

Nun versuchte sie vergeblich, sich wieder in die Lektüre zu vertiefen. Nach einer Weile war Rolands Stimme nicht mehr zu hören. Sie sprang auf und öffnete die Tür.

»Kommst du bitte wieder herein?«, bat sie.

Roland betrat die Dienststelle, sein Gesichtsausdruck war neutral. Sauer schien er jedenfalls nicht zu sein. Oder er konnte sich einfach nur gut beherrschen.

Antje schlang die Arme um Wittes Nacken und gab ihm einen Kuss. Eigentlich hatten die beiden ja körperliche Nähe auf den Feierabend verschieben wollen, aber manche Dinge mussten eben sofort erledigt werden.

»Entschuldige, dass ich eben so garstig war! Aber ich habe wirklich etwas Wichtiges entdeckt. Dieser Carlos ist offenbar kein Hirngespinst von Scheffler, es gibt ihn wirklich!«

Witte pfiff durch die Zähne.

»Das hört man gern. Allerdings war nicht Carlos, sondern ein anderer Mann Miekes Liebhaber in der Pension Voss«, gab der Kommissar zu bedenken.

»Richtig, aber wenn Carlos nun ein eifersüchtiger Gockel ist?«, schlug Antje vor. »Er bekommt irgendwie heraus, dass seine Mieke sich auch mit anderen Männern einlässt. Also reist er ihr nach Juist nach und sticht sie im Affekt nieder.«

Der Kommissar schnippte mit den Fingern.

»Das würde passen! Mit dieser These lässt sich auch der falsche Name erklären. Sie wollte vor Carlos fliehen und hat einen anderen Namen angenommen.«

»Übrigens war Mieke offenbar in Münster eine erfolgreiche Taschendiebin«, berichtete Antje. »Mit anderen Worten: Sie hatte genug Geld, um sich falsche Papiere machen zu lassen. Und da sie selbst kriminell war, wird sie auch gewusst haben, von wem sie solche Dokumente bekommen kann. – Ich möchte jetzt wirklich gern weiterlesen.«

»Willst du denn gar nicht wissen, was ich vom Landeskriminalamt erfahren habe?«, fragte Roland augenzwinkernd.

»Doch, natürlich.«

»Es ist nicht ganz einfach, unter falschem Namen einen sozialversicherungspflichtigen Job anzutreten. Man muss ja nicht nur in die Rentenkasse und Krankenkasse einzahlen, sondern auch das Jobcenter sowie die Renten- und Pflegeversicherung betrügen.«

»Ja, das ist doch ein ziemlicher Aufwand«, gab Antje zu bedenken. »Wäre es da nicht einfacher, schwarzzuarbeiten?«

»Illegale Beschäftigung wird ja seit Jahren mehr oder weniger erfolgreich bekämpft, wie du weißt. Aber das Internet macht es möglich, dass man unter falscher Identität jobbt, so wie Mieke es offenbar getan hat.«

»Und wie soll das funktionieren?«, wollte die Kommissarin wissen.

»Man kann im Darknet ein Paket kaufen, komplett mit Steuernummer und allem Drum und Dran. Es gab, wie wir bereits wissen, eine andere junge Frau in Miekes Alter und mit diesem Namen, die bei einem Unfall verstorben ist. Ihre Daten wurden durch Mieke sozusagen übernommen.«

»Ich dachte, dass beim Tod eines Menschen seine personenbezogenen Informationen gelöscht werden«, gab Antje zu bedenken.

»Das ist auch so«, bestätigte Roland. »Aber die Cyberkriminellen haben anscheinend Mittel und Wege gefunden, diese Daten wiederherzustellen. So gab es für Mieke eine komplett neue Identität, inklusive einer falschen Postadresse, falls eines der Ämter die Person anschreibt.«

»In dem Fall fliegt der Schwindel nicht auf?«

»Gelegentlich schon, wenn ich den Kollegen beim Landeskriminalamt richtig verstanden habe. Es ist wohl so, dass die Briefe dann bei einem Strohmann landen, der sie im Namen der Person beantwortet. Und das klappt nicht immer.«

»Für mich klingt das nach einem ziemlichen Aufwand«, meinte Antje.

»Der Kollege sagte, dass meistens Straftäter mit gut dotierten Jobs unter falschem Namen ein neues Leben anfangen wollen. Es ist wohl eher untypisch, dass jemand dann einfach als Kellnerin auf Juist arbeitet.«

»Immerhin wissen wir nun, wie Mieke es gemacht hat«, sagte Antje. »Das war hilfreich, aber nun steht wieder ihr Tagebuch auf meinem Programm.«

»Ich werde still wie ein Mäuschen sein«, beteuerte Witte. Er holte sich ebenfalls eine Tasse Tee und schaltete seinen Computer ein. Er arbeitete eine Zeit lang am PC, bis seine Kollegin das Schweigen brach.

»Roland, mir kommt Carlos immer verdächtiger vor.«

Er warf ihr einen fragenden Blick zu, und sie fuhr fort: »Mieke scheint nicht erkannt zu haben, wie stark sie von dem Kerl manipuliert wurde. Sie hat ihm schon nach kurzer Zeit gebeichtet, dass sie sich als Taschendiebin betätigt.«

»Wenn ich kriminell wäre, würde ich das nicht einem Fremden gegenüber herausposaunen.«

»Richtig, aber Mieke hat ihren Carlos offenbar durch die rosarote Brille betrachtet«, grollte Antje. »Sie bezeichnet ihn als ihren Seelenverwandten oder ihre andere Hälfte. Und sie vertraut dem Tagebuch auch an, dass sie ihm größere Geldbeträge schenkt. Er muss sie ausgenommen haben wie eine Weihnachtsgans.«

»Ist Mieke denn irgendwann zur Vernunft gekommen?«, fragte Roland. »Wenn sie so eine intensive Beziehung zu einem Mann gehabt hätte, als sie schon auf Juist war, dann würde er sie gewiss mal von der Arbeit abgeholt haben. Und davon hat dein Vater nichts erwähnt.«

Die Kommissarin nickte und sagte: »Ich bin gerade bei einer Passage, wo die Stimmung umschlägt. Mieke schreibt wörtlich: ›Heute ist etwas Schreckliches passiert. Carlos könnte mich töten, wenn er die Beherrschung verliert.‹ Leider geht sie nicht ins Detail. Es wird also nicht klar, aus welchem Grund ihr Freund so ausgerastet ist.«

»Immerhin traute sie ihm zu, dass er sie töten könnte«, unterstrich Witte. »Das spricht nicht gerade für eine konfliktfreie Liebelei zwischen den beiden.«

»Da bin ich ganz deiner Meinung, Roland. Und ein paar Tage später fand Mieke das Jobangebot von Papa in einer elektronischen Jobbörse.«

»Also war es Zufall, dass es die Taschendiebin nach Juist verschlagen hat?«, vergewisserte der Kommissar sich.

»Das dachte ich zunächst auch. Aber wir sollten im Hinterkopf behalten, dass Mieke als Trauzeugin bei Jule Dammers Hochzeit erscheinen sollte. Kurz nach der ersten

Begegnung mit Carlos lernte Mieke nämlich auch Jule kennen. Oder besser gesagt: Sie machte sich an sie heran. Es gelang ihr innerhalb von kürzester Zeit, das Vertrauen der reichen Erbin zu gewinnen.«

»Mir ist schon bei unserer Begegnung mit der Braut aufgefallen, dass sie aus wohlhabendem Haus zu stammen scheint«, stellte Roland klar. »Ich kann mir nicht vorstellen, dass ihre Eltern eine einfache Bedienung aus einem Bierlokal als Trauzeugin ihrer Tochter akzeptieren würden. Oder habe ich einfach nur ein Vorurteil gegen reiche Leute?«

»Das kann ich nicht beurteilen«, erwiderte Antje grinsend. »Fest steht, dass Mieke mit solchen Bedenken seitens Jules Familie gerechnet haben muss. Deshalb hat sie ihrer neuen Freundin das Märchen aufgetischt, dass sie aus dem verarmten Landadel stammt.«

Witte musste lachen, wurde aber sogleich wieder ernst: »Gräfin Mieke? Naja, der Trick hätte funktionieren können. Es gibt ja genug Hochstapler, die mit ihrer angeblichen blaublütigen Herkunft reichlich Beute machen konnten.«

»Mieke wurde von Carlos ausgenutzt, hat es aber ihrerseits verstanden, sich Jules Vertrauen zu erschleichen«, fasste Antje zusammen. »Ich vermute sehr stark, dass Mieke die Hochzeit für einen großen Coup nutzen wollte.«

»Also ist Carlos momentan unser Hauptverdächtiger?«, fragte Roland. »Und was ist mit dem noch namenlosen Liebhaber, der die Kellnerin in der Pension beglückt hat?«

»Die Identität dieses Mannes müssen wir unbedingt ermitteln«, stellte die Kommissarin klar. »Wenn es bei seinem Besuch wirklich so hoch hergegangen ist, wie Scheffler behauptet, dann wird sich seine DNA auf dem Bettlaken nachweisen lassen.«

»Und wenn die Bettwäsche inzwischen gewechselt wurde?«, gab der Kommissar zu bedenken.

»Wenn wir Glück haben, noch nicht, denn in dieser Pension geschieht das nur einmal in der Woche. Aber wir können ja sicherheitshalber die Wirtin fragen.«

»Ja, das werden wir tun«, erwiderte Roland. »Wir sollten die Wäsche ins Labor schicken. Wenn wir dann wirklich Miekes Liebhaber finden, können wir einen Abgleich seines genetischen Fingerabdrucks beantragen.«

»Könntest du dich bitte um das Laken kümmern?«, fragte Antje. »Ich möchte unbedingt das Tagebuch weiterlesen.«

»Sicher, für solche einfachen Tätigkeiten bin ich bestens geeignet«, erwiderte Witte augenzwinkernd.

»Ich lade dich auch heute Abend auf ein Bier ein.«

»Das ist eine tolle Idee, obwohl ich es auch ohne ein kühles Helles getan hätte«, gestand der Kommissar.

»Gut zu wissen«, erwiderte Antje lachend. Roland verließ wieder das Wachlokal. Die Kommissarin vertiefte sich in die Aufzeichnungen. Sie hoffte, einen Hinweis auf den zweiten Mann zu finden. Ob Mieke ihn erst auf Juist kennengelernt hatte? Die Bedienung schien wirklich kein Kind von Traurigkeit gewesen zu sein. Außerdem erhärtete sich der Verdacht, dass Mieke bei der Hochzeit einen Raubzug geplant hatte. Laut ihrem Tagebuch war es der Taschendiebin gelungen, ihre kriminellen Machenschaften vor Jule Dammer zu verbergen. Und erstmals stieß Antje in den Aufzeichnungen auch auf den Namen Eric. Damit konnte nur der Bräutigam gemeint sein, wie der Kommissarin beim Weiterlesen deutlich wurde:

Ich kann es kaum abwarten, mir Erics Angeberuhr unter den Nagel zu reißen. Was für ein Glück, dass Jule und dieser reiche Trottel auf Juist den Bund fürs Leben schließen wollen! So, wie ich die beiden kenne, werden sie feiern bis zum Abwinken. Und wenn die Hochzeitsnacht beginnt, schlage ich zu. Allein Erics Edel-Zeitmesser ist zehntausend

Euro wert. Hinzu kommen noch Jules Halskette und ihre Ohrringe ... das wird mein Meisterstück! Am liebsten würde ich auch noch die Eheringe abgreifen, aber das Risiko ist mir zu groß. Am Sonntagmorgen verschwinde ich mit der ersten Fähre. Jetzt kann mir nur noch Carlos einen Strich durch die Rechnung machen. Ich hoffe sehr, dass er mich nicht findet.

Antje las diesen Tagebucheintrag wieder und wieder. Es war der letzte, den Mieke zu Papier gebracht hatte. Das war am Tag vor ihrer Ermordung geschehen. Ob es Carlos gelungen war, seine Freundin aufzustöbern? Aber aus welchem Grund hatte Mieke frühmorgens die Juister Kajüte aufgeschlossen?

Über diesen Punkt dachte die Kommissarin immer noch nach, als Roland zurückkehrte. Sie schaute auf die Uhr.

»Das hat aber lange gedauert, mein Lieber.«

»Ja, als ich das Laken in Miekes Zimmer abgezogen hatte, ist mir Scheffler noch einmal über den Weg gelaufen. Ich fragte ihn, ob er noch weitere Drogen versteckt hätte. Er verneinte und erlaubte mir, seine Bude zu durchsuchen. Ich fand nichts bei ihm, angeblich kauft er immer nur kleine Mengen für den Eigenbedarf, wenn er mal nach Holland fährt. In der Hinsicht kam er mir glaubhaft vor.«

Antje nickte und erzählte, was sie dem Tagebuch entnommen hatte.

»Es ist bedauerlich, dass wir nur den Namen von diesem Verdächtigen haben«, meinte der Kommissar. »Du solltest den Hinweis an die Münsteraner Kollegin weitergeben. Vielleicht gibt es ja in der dortigen Kleinkriminellenszene einen Carlos, der bereits polizeibekannt ist.«

»Ja, schaden kann es auf keinen Fall«, erwiderte die Inselpolizistin. Sie teilte Frau Lauterbach telefonisch die Information mit.

»Ich bin noch nicht dazu gekommen, erneut mit Franziska Torn zu sprechen«, sagte die Münsteranerin. »Dem Hinweis auf diesen Carlos will ich gern nachgehen. Ich werde mal mit den Kontaktbereichsbeamten und den Streetworkern sprechen, vielleicht ergibt sich daraus etwas. Ich hoffe, dass ich Sie noch heute zurückrufen kann.«

Antje bedankte sich schon vorab und beendete das Gespräch.

»Dann sollten wir uns jetzt einmal das Brautpaar vornehmen«, sagte sie zu ihrem Kollegen. Der hatte inzwischen das Laken für den Transport zum Kriminaltechnik-Labor in Oldenburg versandfertig gemacht.

»Aber lass uns erst eine Kleinigkeit essen«, bat Witte, »sonst übertönt mein Magenknurren die Befragung.«

Kapitel 8

Bevor die Inselpolizisten zum Hotel Pacific fuhren, legten sie einen Zwischenstopp in der *Küchenwerkstatt Juist* ein. In dem beliebten Lokal mit Blick auf den Kurpark gelang es ihnen, einen freien Tisch zu ergattern. Antje bestellte Reibekuchen mit Lachs, Roland entschied sich für einen Cheeseburger mit Pommes. Dazu tranken sie alkoholfreies Bier. Die übrigen Gäste saßen weit genug von ihnen entfernt, sodass sie sich mit gedämpften Stimmen weiterhin über ihren aktuellen Fall unterhalten konnten.

»Es sieht ganz danach aus, dass Mieke systematisch die Freundschaft von Jule Dammer gesucht hat«, erzählte Antje. »Sie wollte die Hochzeit beziehungsweise den Morgen nach der Hochzeit für einen gewaltigen Raubzug nutzen, um dann auf Nimmerwiedersehen von der Insel zu verschwinden.«

Witte hatte seine Uniformmütze abgenommen und fuhr sich durch sein dunkelbraunes Haar.

»Wer hätte es für möglich gehalten, dass die Kellnerin deines Vaters in Wirklichkeit eine ausgekochte Berufskriminelle ist? Man kann den Menschen eben immer nur vor den Kopf schauen. Allerdings sollten wir uns nicht ausschließlich auf diesen rätselhaften Carlos einschießen. Miekes anderer Liebhaber ist genauso verdächtig. Und das umso mehr, da wir seine Identität noch nicht kennen. Womöglich haben wir es mit einem verheirateten Mann zu tun, dem seine Geliebte lästig wurde. Miekes Tod muss nicht zwangsläufig etwas mit den geplanten Eigentumsdelikten zu tun haben.«

»Da stimme ich dir zu«, meinte die Kommissarin. Sie verstummte kurz, weil das Essen serviert wurde. Als die Bedienung wieder außer Hörweite war, fuhr sie fort: »Ich hoffe auf die Einzelverbindungsnachweise des Mobilfunkanbieters. Mieke muss sich ja irgendwie mit ihrem Liebhaber verabredet haben.«

»Ja, das wäre hilfreich«, erwiderte Witte. Sie ließen sich nun ihr Essen schmecken und betrachteten dabei das Geschehen um den Schiffchenteich. Kinder ließen ihre Boote schwimmen, während auf den nahe gelegenen Parkbänken ältere Erwachsene lasen, sich unterhielten oder einfach nur die Sonne und die gute Luft genossen. Am Nachmittag wurde noch eine Fähre erwartet. Da der Hafen von den Gezeiten abhängig war, fuhren die Schiffe Juist nur zweimal täglich an.

Frisch gestärkt setzten die Ermittler ihren Weg fort. Sie hatten sich telefonisch nicht angekündigt, obwohl Antje kurz daran dachte. Doch sie hielt es für besser, wenn sich Jule Dammer und ihr Zukünftiger nicht innerlich auf die Befragung einstellen konnten. So war die Chance viel größer, dass die Ermittler spontane und ungefilterte Aussagen bekamen.

Das Hotel Pacific thronte wie ein riesiger weißer Felsen zwischen den Dünen. Von den Fenstern zur Meerseite hin hatte man einen Panoramablick auf den breiten Hauptstrand sowie die Nordsee. Das Gebäude war schon in der Kaiserzeit errichtet worden. Als kleines Mädchen hatte Antje das Hotel Pacific für ein Feenschloss gehalten. Es gab auf Juist keinen größeren oder prächtigeren Beherbergungsbetrieb.

»Wenn ich das nötige Kleingeld hätte, würde ich auch gern mal in der Hochzeitssuite übernachten«, meinte die Kommissarin, während sie ihr Fahrrad abstellte und an der Fassade hochblickte.

»Falls das ein Wink mit dem Zaunpfahl sein soll – bevor wir heiraten und dort unsere Flitterwochen verbringen können, müssen wir noch ein paar Gehaltsklassen höher klettern«, gab Witte zu bedenken.

Antje zwinkerte ihm lachend zu.

»Ich hoffe, dass dein Antrag etwas romantischer ausfällt und keinen Hinweis auf Besoldungsgruppen enthält.«

»Lass dich überraschen. Wenn es so weit ist, wirst du es schon bemerken«, erwiderte Witte geheimnisvoll. Die beiden betraten das Hotel über die große Freitreppe vor dem Haupteingang. Der Marmorfußboden war so blank, dass man sich darin spiegelte. Wie die meisten Touristikbetriebe hätte auch das Pacific ohne Mitarbeiter vom Festland nicht überleben können. Doch hinter der Rezeptionstheke entdeckte Antje eine wohlbekannte Gestalt. Sie steuerte auf den fülligen Insulaner in der Hoteluniform zu.

»Moin, Freerk.«

»Moin, Antje. Ich hoffe, dass es keinen Ärger gibt?«

Freerk nickte auch Roland zu, konzentrierte sich aber ansonsten auf die Kommissarin. Sie hatte den starken Verdacht, dass er während ihrer gemeinsamen Schulzeit heimlich in sie verliebt gewesen war. Doch seitdem hatte sich einiges ereignet, Freerk war verheiratet und Vater von drei Kindern.

»Ärger? Nein«, beruhigte sie ihn. »Wir müssen nur zwei Gäste als Zeugen befragen, um Hintergrundinformationen zu bekommen. Du hast bestimmt schon gehört, dass vor dem Lokal meines Vaters eine Leiche gefunden wurde.«

Antje hatte die Illusion aufgegeben, dass sich ein ungeklärter Todesfall auf Juist lange verheimlichen ließe. Die halbe Insel hatte inzwischen wahrscheinlich erfahren, dass Mieke nicht mehr lebte. Antje würde spätestens am nächsten Morgen eine Pressemitteilung schreiben müssen. Sie hoffte, dass nicht auch noch Pressegeier vom Festland auf Juist einfallen würden. Das war momentan so ungefähr das Letzte, was sie gebrauchen konnte.

Freerk beugte sich vor, wobei die Uniformweste über seinem Bauch spannte. Diskretion war oberstes Gebot im Hotel Pacific.

»Um welche Gäste handelt es sich denn?«, raunte er.

»Jule Dammer und Eric van Halen«, lautete die Antwort.

»Die Herrschaften sind vor einer halben Stunde auf die Strandterrasse gegangen«, erwiderte Freerk und deutete auf eine breite Doppeltür, die zu dem mit einem geschmiedeten Metallzaun umfriedeten Außenbereich führte. Die Inselpolizisten nickten ihm zu und traten wenig später nach draußen.

Es gab an diesem schönen warmen Tag viele Hotelgäste, die es sich an den kleinen runden Tischen bequem gemacht hatten. Antje schaute sich suchend um. Es dauerte nicht lange, bis sie das Brautpaar entdeckt hatte. Das leise Geplauder der anderen Anwesenden störte die Ermittlerin ebenso wenig wie der Stehgeiger. Sie vermutete, dass er seinem Instrument Operettenmelodien entlockte. Mit dieser Musik kannte sie sich nicht aus, und nach Antjes Meinung passte ein Schifferklavier besser zu Juist als dieses Streichinstrument. Doch sie und Roland waren ja sowieso aus ganz anderen Gründen hier.

Jule Dammer und ihr Begleiter hatten die Inselpolizisten noch nicht bemerkt, weil sie ihre Stühle in Richtung Nordsee gedreht hatten. Sie tranken kunterbunte Cocktails, bei denen der Barkeeper nicht mit Dekoration gespart hatte.

Die Braut schaute auf, als Antje in ihr Blickfeld kam.

»Ah, Frau Fedder! Haben Sie schon die Umstände von Miekes Tod aufklären können? Das ist übrigens mein zukünftiger Ehemann, Eric van Halen.«

Der Bräutigam erhob sich und verbeugte sich lächelnd. Van Halen war ungefähr so groß wie Roland. Mit seinem modisch geschnittenen mittelblonden Haar und der ebenmäßigen Sonnenbräune sowie der sportlichen Figur stellte er einen Typ Mann dar, den viele Frauen anziehend fanden. Er trug eine weiße Jeans, Segelschuhe und ein marineblaues Polohemd. Die Armbanduhr an seinem Handgelenk war nicht zu übersehen. Antje musste sofort an die Tagebucheintragung denken, in der Mieke von diesem Zeitmesser geschwärmt hatte. Das Mordopfer musste van Halen also mindestens einmal begegnet sein.

Die Kommissarin stellte Witte und sich selbst mit Namen und Dienstgrad vor. Der Bräutigam deutete mit einer einladenden Bewegung auf zwei freie Stühle.

»Nehmen Sie doch bitte Platz. Möchten Sie etwas trinken?«

»Wasser, bitte«, antwortete Antje, und ihr Kollege nickte. Van Halen winkte den Kellner heran und gab die Bestellung auf. Dann nahm er Jules Hand und sagte: »Meine Verlobte hat mir von der schrecklichen Tat erzählt, sie war völlig durcheinander. Bitte lassen Sie uns helfen. Wir möchten, dass Miekes Tod so schnell wie möglich aufgeklärt wird.«

Jule wirkte nun gefasster als am Morgen. Inzwischen waren etliche Stunden vergangen, daher hatte sie sich etwas an den Gedanken gewöhnen können, dass ihre Freundin so abrupt aus dem Leben gerissen wurde. Die Braut trank etwas von dem Cocktail. Sie sprach mit schwerer Zunge: »Ich hätte es niemals für möglich gehalten, dass unsere Hochzeit unter so einem schlechten Vorzeichen stehen würde.«

»Wir dürfen uns dadurch nicht beirren lassen, Schatz«, sagte van Halen mit Nachdruck. »Ich bin davon überzeugt, dass die Polizei den Täter schon bald seiner gerechten Strafe zuführen wird.«

Jules zukünftiger Ehemann sprach ausgezeichnet Deutsch. Dennoch hörte Antje bei ihm einen ganz leichten holländischen Akzent heraus.

»Sie sind Niederländer, Herr van Halen?«, vergewisserte sie sich.

»Das ist richtig. Mein Vater ist Geschäftsführer bei einer der größten Privatbanken unseres Landes. Ich habe in Großbritannien und in Deutschland Volkswirtschaft studiert. Nun stehe ich kurz vor dem Abschluss. In Münster lernte ich dann meine Jule kennen.«

Er warf seiner Braut einen verliebten Blick zu und strich sanft über ihren Handrücken.

»Wie gut kannten Sie Mieke Torn?«, fragte die Kommissarin van Halen.

»Wir sind einander nur wenige Male begegnet, Frau Fedder. Natürlich wollte ich gern die Trauzeugin meiner zukünftigen Frau treffen. Jule hat ja im Gegenzug auch Oliver Peters kennengelernt, der mein Trauzeuge sein wird. Wir hatten ein Abendessen zu viert – Jule, Mieke, Oliver und ich. Unsere beiden Trauzeugen haben sich gegenseitig auch gut verstanden, glaube ich.«

Die Kommissarin musste an den bisher noch unbekannten Liebhaber denken, mit dem Mieke in ihrem Pensionszimmer gewesen war. Ob es sich dabei womöglich um Oliver Peters handelte? Auf diesen Mann wollte Antje später zu sprechen kommen. Jetzt redete sie weiterhin über Mieke, wobei sie sowohl van Halen als auch Jule Dammer ansprach.

»Ehrlich gesagt haben wir uns darüber gewundert, dass Sie, Frau Dammer, eine einfache Kellnerin als Ihre Trauzeugin benannt haben. Sowohl Sie als auch Ihr Verlobter scheinen sehr gut situiert zu sein.«

Diese Bemerkung schien die Braut zu empören. Doch bevor sie etwas sagen konnte, übernahm van Halen das Ruder: »Lass mich bitte antworten, Schatz. Du bist durch Miekes furchtbaren Tod noch sehr durcheinander. – Wir verstehen Ihre Bedenken natürlich, Frau Fedder. Aber nicht alle reichen Menschen sind versnobt oder halten sich für etwas Besseres. Gewiss, mein Vater ist Bankier. Doch er hat einst als einfacher Lehrling angefangen, der damals in einem umgeänderten Anzug seines Onkels mit dem Rad zur Arbeit fahren musste. Er hat mich so erzogen, dass ich niemals überheblich sein durfte. Ich bin zutiefst dankbar dafür, dass ich auf der Sonnenseite des Lebens aufwachsen konnte.«

Jule hing förmlich an seinen Lippen, wie Antje fand. Die Braut hatte sich etwas beruhigt, während ihr zukünftiger Ehemann sprach. Sie ergänzte: »Es ist genau so, wie Eric es sagte. Ja, wir haben viel mehr Geld als Mieke. Aber sie war einfach ein toller Mensch, sie hatte eine positive Ausstrahlung. Es ist, als ob sie Licht in mein Leben gebracht hätte. Genau darum wollte ich sie an meinem wichtigsten Tag dabeihaben. Und wir hätten bestimmt nicht darauf geachtet, wenn sie in einem ganz billigen Kleid aufgetaucht wäre.«

Ihre Augen füllten sich mit Tränen. Jule wandte sich ab und atmete mehrere Male tief durch.

»Ich will nicht pietätlos sein«, betonte Roland, »aber wer wird denn nun Ihre Trauzeugin? Oder wollen Sie die Zeremonie verschieben?«

»Das werden wir auf keinen Fall tun!«, erwiderte die Braut, wobei sie nach Luft schnappte. »Ich habe bereits bei Alina Relling angerufen. Sie ist ebenfalls eine gute Freundin und hat sich spontan bereiterklärt, für Mieke einzuspringen. Alina kommt aus Münster und will morgen die Vormittagsfähre nehmen. Wir haben bereits ein Zimmer hier im Hotel Pacific für sie reserviert.«

»Sie kannten Mieke gar nicht so lange, oder?«, hakte Antje nach. Jule schenkte ihr ein trauriges Lächeln.

»Nein, aber wir haben uns auf Anhieb verstanden. Kennen Sie so etwas nicht, Frau Fedder? Ich hatte zu keiner Freundin ein so enges Verhältnis wie zu Mieke, noch nicht einmal zu Alina.«

Die Kommissarin war sich darüber im Klaren, dass sie selbst in dieser Hinsicht eher untypisch war. Während die meisten Frauen eine beste Freundin hatten, konnte Antje das von sich nicht behaupten. Vor Jahren hatte sie sich mit Tatje Behrens gut verstanden, doch die hatte geheiratet und war aufs Festland gezogen. Seitdem war der Kontakt seltener geworden und schließlich ganz eingeschlafen. Ob Antje ähnlich wie Jule reagiert hätte? Das konnte sie sich nicht vorstellen, denn sie öffnete ihr Herz nicht so leicht. Es grenzte schon an ein Wunder, dass trotz ihrer zurückhaltenden Art aus ihr und Roland ein Liebespaar geworden war.

Die Stimme ihres Kollegen riss sie aus ihren Überlegungen.

»Frau Dammer, Mieke Torn ist nicht der richtige Name des Mordopfers. Wussten Sie von dieser falschen Identität?«

Diese Aussage schien sowohl die Braut als auch den Bräutigam völlig zu überraschen. Es verschlug Jule die Sprache. Es dauerte einen Moment, bis sie reagieren konnte: »Nein, das … kann ich mir kaum vorstellen! Sind Sie sicher, dass Sie sich nicht täuschen?«

»Wir recherchieren noch, aber die getötete Person scheint nicht die gewesen zu sein, für die sie gehalten wurde.«

»Das verstehe ich nicht!«, stieß Jule hervor. »Warum sollte Mieke uns alle täuschen? Sogar mich?«

»Möglicherweise hatte sie Angst«, antwortete Antje. »Hat Mieke jemals einen Mann namens Carlos erwähnt?«

Die junge Frau runzelte die Stirn, dann schüttelte sie den Kopf.

»Nein, daran erinnere ich mich nicht.«

Aber ihr Verlobter widersprach: »Doch, da war etwas. Erinnerst du dich nicht, Schatz?«

»Ich weiß nicht, wovon du sprichst«, erwiderte Jule.

Van Halen wandte sich nun an die Inselpolizisten: »Das war an dem Tag, als meine Verlobte mir ihre Trauzeugin vorstellen wollte. Wir hatten uns in einem Eiscafé am Prinzipalmarkt in Münster verabredet. Mieke war mir auf Anhieb sympathisch. Ich konnte mir sehr gut vorstellen, sie bei unserer Eheschließung dabeizuhaben. Und ich war sicher, dass sie sich auch mit Oliver gut verstehen würde. Doch plötzlich wurde sie bleich und begann zu zittern. Ich fragte, was denn los sei. Sie sagte: ›Ich glaubte, Carlos gesehen zu haben. Aber er war es wohl doch nicht.‹ Mieke zeigte auf die gegenüberliegende Straßenseite, doch da war keine männliche Person. Jedenfalls nicht in dem Moment.«

»Seltsam, warum erinnere ich mich daran nicht?«, wunderte Jule sich.

»Ich glaube, du warst gerade auf der Toilette«, sagte van Halen. »Mieke beruhigte sich schnell wieder, und ich fragte nicht nach. Das Thema wäre ihr bestimmt unangenehm gewesen. Wahrscheinlich ist dieser Carlos einfach nur ein nerviger Ex-Freund.«

»Und Sie haben Mieke nie über Carlos sprechen hören?«, hakte die Kommissarin bei Jule nach.

»Nein, Frau Fedder.«

War es plausibel, dass Mieke ausgerechnet ihrer besten Freundin nicht ihr Herz ausgeschüttet hatte? Ja, denn laut den Tagebuchaufzeichnungen spielte die Verbrecherin der reichen jungen Braut ihre Gefühle ja nur vor. Als Mieke den Mann am Prinzipalmarkt sah, hatte sie sich wohl erschrocken, und deshalb rutschte ihr der Name heraus. Das wäre jedenfalls eine Erklärung, die Antje einleuchtend fand.

Wo war Carlos?

Diese Frage musste einstweilen unbeantwortet bleiben.

»Haben Sie und Mieke gemeinsame Bekannte, die uns Auskunft über Ihre Freundin geben könnten?«, forschte die Inselpolizistin. Die Braut schien intensiv nachzudenken. Sie hielt ihr Cocktailglas mit beiden Händen fest. Antje war sich darüber im Klaren, dass die Aussagen von Jule und ihrem Verlobten aufgrund des Alkoholgenusses nicht gerichtsverwertbar waren. Doch momentan fand ja auch kein offizielles Verhör statt.

»Nein, da kann ich Ihnen leider nicht weiterhelfen«, sagte die junge Frau. Sie kämpfte schon wieder mit den Tränen, als sie fortfuhr: »Mieke ist wie ein Knallbonbon in mein Leben geplatzt, und das war toll.«

Van Halen strich ihr sanft über das Haar.

»Ich werde alles dafür tun, dass es dir besser geht, Schatz«, versprach er. »Und ich bin sicher, dass die Polizei den Schuldigen verhaften wird.«

Er warf den Ermittlern einen hoffnungsvollen Blick zu.

Witte beugte sich vor und sprach Jule an: »Viele Tötungsdelikte sind erfahrungsgemäß Beziehungstaten. Erwähnte Mieke Ihnen gegenüber mal einen Freund oder Liebhaber, den sie gelegentlich traf?«

»Soweit ich weiß, war meine Freundin momentan solo«, lautete die Antwort. »Ich hatte Ihnen doch von diesem Mann erzählt, der Mieke belästigte. Ist er nicht der Täter?«

»Wir ermitteln in alle Richtungen«, sagte Antje. Sie mochte diese abgedroschene Phrase nicht, aber damit konnte man sich immer noch am besten Nachfragen zum Stand der Polizeiarbeit vom Hals halten.

»Mich würde noch interessieren, wie Sie auf die Idee gekommen sind, auf Juist den Bund fürs Leben einzugehen«, sagte Witte. »Lag es daran, dass die Trauzeugin hier arbeitete?«

»Das war eher ein angenehmer Nebeneffekt«, erwiderte van Halen bereitwillig. »Der Hauptgrund besteht darin, dass meine Eltern sich einst auf Ihrer schönen Insel kennengelernt haben. Jule und ich halten es für eine schöne Geste, deshalb hier zu heiraten.«

Die Inselpolizistin stand auf.

»Vielen Dank für die Auskünfte. Wir wollen Ihre Zeit nicht länger als nötig in Anspruch nehmen. Allerdings müssten wir noch mit Ihrem Trauzeugen sprechen.«

»Selbstverständlich«, entgegnete der Bräutigam und griff zum Smartphone. »Oliver befindet sich am Strand unterhalb des Hotels. Ich rufe ihn gleich an, damit er kommt.«

»Er kann dort bleiben, soll uns nur einfach ansprechen«, meinte Witte. »Da wir die einzigen Polizeibeamten in Uniform auf Juist sind, wird er uns wohl unschwer erkennen.«

Kapitel 9

Die Inselpolizisten verließen die Terrasse, nachdem sie sich von van Halen seine Mobilfunknummer geben lassen hatten. Sie durchquerten die Hotellobby und machten sich auf den Weg zum Hauptstrand hinab. Antje warf Roland einen prüfenden Blick zu.

»Du magst ihn nicht, oder?«

»Von wem sprichst du?«

»Ich rede natürlich von Jules Verlobtem«, sagte die Kommissarin.

»Warum sollte ich ihn unsympathisch finden? Ich habe in der Richtung keinen Ton von mir gegeben.«

»Das war auch nicht notwendig. Ich kann in deinem Gesicht lesen wie in einem offenen Buch, Roland.«

»Dann wollen wir mal hoffen, dass es den Verdächtigen nicht genauso geht«, scherzte ihr Kollege, wurde aber sofort wieder ernst. Er fuhr fort: »Für meinen Geschmack funktioniert das alles zu glatt und reibungslos.«

»Du meinst, weil van Halen sich sofort an Carlos erinnert hat?«

»Ja, das ist doch sehr praktisch, oder? Ein weiterer Verdächtiger, der uns wie auf dem Silbertablett serviert wird. Und das, nachdem Jule uns schon mit der Nase auf Nanno Kloob gestoßen hat.«

»Hältst du es für möglich, dass sie in die Ermordung ihrer Trauzeugin verwickelt ist? Mir scheint sie wegen Miekes Tod am Boden zerstört zu sein.«

»Ja, dieser Eindruck entsteht«, gab Witte zu. »Trotzdem habe ich mir mal unauffällig ihre Füße angeschaut. Wenn mein Augenmaß mich nicht täuscht, könnten die Schuhabdrücke unter Nannos Fenster durchaus von ihr stammen.«

»Und woher hätte sie wissen sollen, dass er vorbestraft ist und sich gut als Sündenbock eignet, Roland?«

»Diese Information kann man sich auf Juist leicht beschaffen. Die ganze Insel kennt Nannos Vergangenheit. Ganz abgesehen davon, dass Mieke Jule auf diesen Mann hingewiesen hat.«

»Es ist schon seltsam, dass Mieke in ihrem Tagebuch nichts über ihre Begegnung mit Nanno geschrieben hat«, dachte Antje laut nach.

»Da haben wir es!«, triumphierte der Kommissar. Sie rollte ungeduldig mit den Augen.

»Schön, und was beweist das? Womöglich wollte sie die unangenehme Begegnung mit Nanno einfach vergessen oder sie hat es verdrängt. Übrigens sind wir in Miekes Tagebuch zuerst auf den Namen Carlos gestoßen. Das kannst du van Halen nun wirklich nicht anlasten.«

»Vielleicht habe ich ja wirklich Vorurteile gegenüber Kerlen, die mit dem goldenen Löffel im Mund geboren wurden«, gab Witte zu. »Ich finde nur, dass wir niemanden leichtfertig von der Verdächtigenliste streichen sollten. Zumindest nicht, bevor wir die Zusammenhänge kennen. Ich finde nämlich, dass dieser Fall immer undurchsichtiger wird.«

»Da sind wir einer Meinung«, erwiderte Antje. »Das scheint Oliver Peters zu sein.«

Sie deutete auf einen jungen Mann, der auf sie zustapfte. Während ihres Wortwechsels hatten die Inselpolizisten den Hauptstrand von Juist erreicht. Hier genossen Familien, Paare und Einzelreisende die Nähe zum Meer, die salzige Luft und den frischen Wind. Es roch nach Seetang und feuchtem Sand. Im Mai war die Nordsee noch recht kühl, nur wenige Unerschrockene schwammen ein paar Runden in Strandnähe.

Auch der Trauzeuge hatte sich offenbar ins Wasser gewagt. Jedenfalls trug er einen Neoprenanzug und frottierte sich seine feuchten Haare, während er kurz vor den Ermittlern stehen blieb und ihnen zunickte.

»Sie sind Oliver Peters?«, vergewisserte Antje sich.

»Ja, genau. Eric hat mich gerade angerufen. Zum Glück hatte ich meine Schwimmrunde gerade beendet, sonst hätte ich mein Smartphone nämlich nicht klingeln hören.«

Witte stellte seine Kollegin und sich vor, dann sagte er: »Sie werden schon gehört haben, dass die Trauzeugin nicht mehr lebt.«

Peters nickte. Nach Antjes Meinung war er nicht so attraktiv wie der Bräutigam, sah mit seiner sportlichen Figur und der Größe von etwa eins achtzig aber dennoch ansprechend aus. Sie schätzte ihn auf etwas älter als seinen Freund van Halen, also Ende zwanzig bis Anfang dreißig. Mit seinen weit auseinanderstehenden grünen Augen blickte er die Kommissarin forschend an. War er neugierig oder wollte er mit ihr flirten?

»Mieke Torn kam durch ein Gewaltverbrechen ums Leben«, erklärte Antje, wobei sie betont dienstlich und distanziert war. »Haben Sie eine Idee, wer die Tat begangen haben könnte?«

Peters hob seine breiten Schultern. Er ignorierte Witte vollständig, konzentrierte sich ganz auf die Inselpolizistin.

»Leider kann ich keine große Hilfe sein«, beteuerte er, »denn ich kannte Mieke ja kaum. Eric und ich haben mit den beiden Frauen ein Restaurant besucht, das war aber noch in Münster. Dort habe ich mich ein wenig mit Mieke unterhalten, warum auch nicht? Ich bin ja Single.«

Den letzten Satz betonte der Trauzeuge für Antjes Geschmack ein wenig zu stark. Auch Witte entging nicht, dass Peters offensichtlich versuchte, die Inselpolizistin anzubaggern. Er fragte: »Und Sie haben nicht versucht, bei Mieke zu landen? Oder hat sie Ihnen nicht gefallen?«

Peters warf dem Kommissar einen leeren Blick zu, während er antwortete: »Naja, sie sah gut aus. Aber Mieke schien an mir kein Interesse zu haben.«

»Kaum vorstellbar«, bemerkte Witte sarkastisch. Antje ergriff schnell das Wort. Sie fand es natürlich schmeichelhaft, dass ihr Freund offensichtlich eifersüchtig war. Doch sie wollte den Trauzeugen nicht verärgern, schließlich waren die Ermittler auf so viele Informationen wie möglich angewiesen.

»Haben Sie Mieke hier auf der Insel noch einmal getroffen?«, wollte sie wissen.

»Nein, ich bin die meiste Zeit am Strand oder jogge auf der Promenade. Fitness ist mir sehr wichtig, das sieht man hoffentlich«, entgegnete Peters mit einem Lächeln, das er für charmant hielt.

»Wenn Sie auf der Strandpromenade unterwegs waren, sind Sie gewiss auch an der Juister Kajüte vorbeigekommen«, mutmaßte die Kommissarin. »Mieke arbeitete dort als Bedienung.«

»Tatsächlich? Das wusste ich nicht, Frau Fedder.«

»Sie haben mit Mieke zu Abend gegessen und Ihnen war nicht bekannt, was für einen Job sie hatte?«

Rolands Stimme war seine Skepsis deutlich anzuhören. Doch Peters ließ sich dadurch nicht aus dem Konzept bringen.

»Wir haben gar nicht über berufliche Dinge gesprochen, Herr Witte. Es drehte sich alles um die Hochzeitsplanung und um Erics und Jules Reise auf die Seychellen. Dorthin wollen sie nämlich am kommenden Montag fliegen, sobald sie am Sonntag den Kater von der Feier auskuriert haben.«

Er lachte.

»Miekes Tod scheint Sie nicht in Ihren Grundfesten erschüttert zu haben«, stellte der Kommissar trocken fest.

Der Trauzeuge zuckte abermals mit den Schultern.

»Natürlich bedaure ich, dass sie ermordet wurde. Jule war völlig aufgelöst, als sie uns davon berichtet hat. Aber für mich war Mieke nur eine flüchtige Bekanntschaft.«

»Was haben Sie eigentlich heute frühmorgens getan, so zwischen fünf und sieben Uhr?«, wollte Witte wissen.

»Da schlief ich noch, immerhin bin ich hier im Urlaub«, lautete die Antwort.

»Apropos: Was machen Sie eigentlich beruflich, Herr Peters?«, fragte Antje.

»Ich bin freiberuflicher Anlageberater. Wenn Sie ein paar Investmenttipps benötigen, können Sie mich gern jederzeit ansprechen«, erwiderte er und blinzelte der Inselpolizistin zu. Sie ignorierte die Bemerkung.

»Ob Mieke einen Freund hatte, können Sie uns wohl nicht sagen?«, wollte Witte wissen.

»Ich bedaure, da muss ich passen. Wie schon erwähnt, unsere Bekanntschaft war nur sehr oberflächlich.«

Mit diesen Informationen mussten die Ermittler sich einstweilen zufriedengeben. Antje bat Peters noch um seine Mobilfunknummer. Er ging zu seiner Badetasche hinüber, die er im Sand deponiert hatte. Dann zog er eine Visitenkarte heraus und überreichte sie der Inselpolizistin.

»Hier, dort finden Sie alle meine Kontaktdaten, Frau Fedder. Ich würde mich freuen, von Ihnen zu hören.«

»Danke, wir wünschen Ihnen noch einen schönen Aufenthalt auf Juist«, sagte sie zum Abschied. Die beiden drehten sich um und gingen zu ihren Fahrrädern zurück, die sie beim Hotel gelassen hatten.

»Ich bin eine Sportskanone und mache einen Haufen Kohle mit halbseidenen Anlagetipps.«

Mit diesen Worten äffte Witte die Sprechweise des Trauzeugen nach, sobald sie außer Hörweite waren.

»Es ist wirklich süß, wie eifersüchtig du plötzlich bist«, meinte Antje kichernd.

»Eifersüchtig? Ich kann den Kerl bloß nicht ausstehen«, behauptete der Kommissar. »Trotzdem steht er nicht ganz oben auf meiner Verdächtigenliste.«

»Und wieso nicht, Roland?«

»Als Peters dir seine Angeber-Visitenkarte gegeben hat, tat er das mit der rechten Hand. Sein Busenfreund van Halen hingegen hat sein Cocktailglas immer nur mit der linken Hand gegriffen.«

»Du traust also dem Bräutigam zu, die Trauzeugin umgebracht zu haben?«, vergewisserte Antje sich. »Wir wollen ja wirklich niemanden vorschnell ausschließen, aber was für einen Grund hätte van Halen für die Tat haben sollen?«

»Er könnte Miekes geheimnisvoller Liebhaber gewesen sein«, schlug Witte vor. »Immerhin wusste dieser Mann von Carlos, das haben wir dank Schefflers unfreiwilliger Lauschaktion erfahren. Womöglich wollte Mieke mehr, als nur die heimliche Freundin des smarten Bankierssohns zu sein. Sie könnte sogar damit gedroht haben, die Hochzeit platzen zu lassen oder ihn zu erpressen. Da beschloss van Halen, sie lieber für immer loszuwerden. Er brachte irgendwie in Erfahrung, dass auf Juist ein vorbestrafter Sexualverbrecher lebt, nämlich Nanno. Van Halen verabredete sich in aller Herrgottsfrühe mit Mieke bei der Juister Kajüte, erstach sie und klaute das Smartphone, um es Nanno unterzujubeln.«

»Das ist eine halbwegs plausible Annahme, die allerdings einen entscheidenden Schönheitsfehler hat.«

»Und welchen, Antje?«

»Wer soll van Halens Komplizin gewesen sein?«, fragte die Kommissarin. »Wir sind uns doch wohl darüber einig, dass die Fußabdrücke vor Nannos Fenster von einer Frau stammen. Oder glaubst du, das zukünftige Ehepaar hätte die Trauzeugin gemeinsam umgebracht? Das passt doch hinten und vorn nicht zusammen.«

»Wir sollten abwarten, ob die Kriminaltechniker in Oldenburg männliche DNA-Spuren auf Miekes Laken nachweisen können«, schlug Witte vor. »Dann können wir nämlich van Halen und Peters um einen Abstrich bitten, um eine Übereinstimmung zu beweisen.«

»Vorausgesetzt, sie lassen sich freiwillig darauf ein«, gab Antje zu bedenken. »Angesichts der dünnen Beweislage werden wir die Herren nämlich nicht mit einem Gerichtsbeschluss dazu zwingen können. – Ich hoffe vor allem darauf, dass wir Miekes wahre Identität erfahren. Dann dürfte es auch einfacher sein, diesen geheimnisvollen Carlos aufzutreiben.«

Die Inselpolizisten fuhren zur Dienststelle zurück, und Antje rief noch einmal in Münster an.

»Ich wollte mich auch gerade bei Ihnen melden«, sagte Oberkommissarin Lauterbach, als sie die Stimme der Ostfriesin hörte. »Franziska Torn konnte ich noch nicht wieder erreichen, aber womöglich gibt es eine männliche Person, die für Ihre Ermittlungen interessant sein könnte. Der Mann heißt Carlos Sanchez. Er wurde vor einunddreißig Jahren in Spanien geboren, ist aber in Münster aufgewachsen. Sanchez hat eine klassische kleinkriminelle Karriere hinter sich. Vom Autodiebstahl über Drogenhandel bis zu Widerstand gegen Vollstreckungsbeamte ist alles dabei, was man von dieser Klientel erwarten kann. Ich schicke Ihnen mal ein Foto, einverstanden?«

»Ja, das wäre gut«, erwiderte Antje. »Könnten Sie Carlos Sanchez zur Befragung vorladen? Wir müssen herausfinden, ob er sich womöglich zurzeit auf Juist befindet.«

»Ein Kontaktbereichsbeamter sagte mir, dass Sanchez untergetaucht sei, an seiner Meldeadresse befindet er sich jedenfalls nicht«, erklärte die Münsteraner Kollegin. »Es wäre also gut möglich, dass er sich auf Ihrer Insel befindet.«

Kapitel 10

Frau Lauterbach wollte Carlos Sanchez auch in Münster zur Fahndung ausschreiben lassen.

»Ich rufe Sie an, sobald ich noch einmal mit Franziska Torn gesprochen habe.«

Mit diesen Worten beendete die Oberkommissarin aus Westfalen das Telefonat. Wenig später betrachteten die Inselpolizisten eine Bilddatei, die aus erkennungsdienstlichen Fotos des Spaniers bestand.

»Eric van Halen, Oliver Peters, Carlos Sanchez, ich – es scheint, als ob wir es bei diesem Fall ausschließlich mit attraktiven Männern zu tun hätten«, meinte Witte trocken. Antje knuffte ihm in die Rippen.

»Eingebildet bist du wohl gar nicht! – Aber ernsthaft, Sanchez sieht schon gut aus. Wir sollten bei der Touristinformation checken, ob er unter seinem echten Namen ein Zimmer gebucht hat. Und falls nicht, dann können die Damen sich gewiss an diesen gut aussehenden Latin Lover erinnern.«

»Aha! Du gibst also zu, dass Sanchez ein Schönling ist!«, rief der Kommissar.

»Ja, das Sammeln von *Fakten* gehört zu unserem Berufsbild«, gab Antje schmunzelnd zurück. Die Ermittler fuhren zur Touristinformation, die sich im Rathaus befand. Eine weitere Stelle war direkt beim Fähranleger untergebracht. Jeder Inselurlauber musste einen Gästebeitrag entrichten, für den er die sogenannte *Töwercard* bekam. Antje und Witte konnten keinen Touristen finden, der sich unter dem Namen Carlos Sanchez eine Unterkunft gebucht hatte.

»Dann wird uns wohl nichts anderes übrigbleiben, als mit den Fotos die Hotels und Pensionen abzuklappern«, meinte der Kommissar seufzend.

»Immerhin können wir etwas tun und müssen nicht die Hände in den Schoß legen«, gab seine Kollegin unternehmungslustig zurück.

Doch bis zum Abend hatten sie nur einen Teil der zahlreichen Unterkünfte überprüfen können. Niemand erinnerte sich an einen Mann, der so aussah wie die Person auf den Bildern des Münsteraner Erkennungsdienstes.

***

»Du wolltest mich auf ein Bier einladen«, sagte Witte, als sie Feierabend machten.

»Das lässt sich einrichten, wenn die zweite Runde auf dich geht«, erwiderte Antje. »Hol mich in einer Stunde ab. Dann kann ich mich richtig toll stylen – für den Fall, dass wir Peters begegnen.«

»Du machst mich gern eifersüchtig, oder?«

»Es ist einfach amüsant, dich zu verschaukeln«, gab sie lachend zurück. »Zu schade, dass du gerade dein Gesicht nicht sehen kannst!«

Roland verließ die Polizeiwache. Er wohnte in der Pension von Tatje Olsen, die sich in der Friesenstraße befand. Antje ging hoch in die Dienstwohnung im ersten Stockwerk. Während sie duschte und sich umzog, dachte sie über die Ereignisse des Tages nach.

Es erschien der Kommissarin immer plausibler, dass Carlos Sanchez Mieke auf dem Gewissen hatte. Doch bei dem Spanier gab es dasselbe Problem wie bei den anderen männlichen Verdächtigen: Wer war die Komplizin, die eine falsche Spur zu Nanno Kloob gelegt hatte?

Antje konnte sich beim besten Willen nicht vorstellen, dass Jule an der Ermordung ihrer Trauzeugin beteiligt gewesen war. Die junge Frau hätte schon eine erstklassige Schauspielerin sein müssen, um ihre Trauer und

Verzweiflung angesichts von Miekes Tod glaubhaft zu inszenieren. Abgesehen davon, dass bei der Braut kein Motiv erkennbar war.

In dieser Hinsicht hielt die Inselpolizistin van Halen schon für verdächtiger. Falls er wirklich mit Mieke im Bett gewesen war, wäre er dadurch erpressbar gewesen. Und Mieke hatte über genügend kriminelle Energie verfügt, wenn man ihren Tagebuchaufzeichnungen glauben konnte.

Wer war also die Komplizin?

Diese Frage musste ungeklärt bleiben, zumindest an diesem Abend. Antje wollte sich ablenken, obwohl sie den Fall nicht hundertprozentig abstreifen konnte wie ein Kleidungsstück. Sie zog ein geblümtes Kleid an, das ihr bis zum Knie reichte. Außerdem griff sie zu einer Strickjacke, denn die Juister Nächte konnten im Mai noch ziemlich frisch sein. Nachdem sie ihr Haar gefönt und sich geschminkt hatte, läutete Roland an der Tür. Sie nahm ihre Handtasche und eilte hinunter.

Sein bewundernder Blick schmeichelte ihr.

»Was für ein Glück, dass wir tagsüber in Uniform auftreten müssen«, sagte Antjes Freund. »Wie könnte ich mich auf die Arbeit konzentrieren, wenn du so umwerfend aussiehst?«

»Spinner!«, gab sie lachend zurück und kniff ihm in die Wange.

Die beiden verzichteten nun auf ihre Fahrräder und gingen Hand in Hand Richtung Hauptstrand. Noch war es recht hell, aber die untergehende Sonne färbte die Wolken über dem weit entfernten Nordsee-Horizont so rot wie Blut, das mit Wasser vermischt wird.

»Wenn es dir recht ist, dann trinken wir unser Bier bei Papa«, schlug Antje vor. »Ich will sehen, wie es ihm geht.«

»Einverstanden«, erwiderte Roland und blinzelte ihr verliebt zu. »Und so, wie ich dich kenne, willst du mit deinem Vater auch noch über Mieke reden.«

»Du hast mich durchschaut, mein Lieber. Papa ist zwar kein direkter Tatzeuge, doch er hat vielleicht Beobachtungen gemacht, die uns weiterhelfen können.«

Aber bevor Antje und Witte in die Juister Kajüte gingen, machten sie einen Spaziergang am Strand, unmittelbar an der Wasserlinie. Die Kommissarin hatte ihre Schuhe ausgezogen. Sie fand es herrlich, wie ihre nackten Fußsohlen von der sanft heranbrandenden Gischt umspült wurden. Wieder einmal war sie einfach nur dankbar dafür, auf ihrer geliebten Heimatinsel arbeiten zu dürfen. Wer konnte schon von sich behaupten, ein solches Glück zu haben?

»Wenn Carlos wirklich den Mord begangen hat, wird er schon über alle Berge sein.«

Mit dieser Bemerkung riss Roland sie aus ihrer romantischen Stimmung. Doch Antje musste sich eingestehen, dass ihr Unterbewusstsein sich ebenfalls weiterhin mit dem Mord beschäftigte.

»Ich gebe dir recht, allerdings mit einer Einschränkung: Wir wissen nicht, ob Carlos den Gegenstand gefunden hat, den er suchte. Denn der Mörder wird die Registrierkasse umgeworfen und Miekes Zimmer durchwühlt haben, darüber sind wir uns doch wohl einig?«

»Ja, auf jeden Fall«, antwortete der Kommissar. »Aber wenn ich Carlos wäre und Mieke getötet hätte, würde ich ganz gewiss nicht ihr Tagebuch im Zimmer gelassen haben. Darin steht schließlich der Name unseres Verdächtigen. Und Mieke schreibt ja klipp und klar, dass sie Angst vor ihm hat.«

»Das ist wirklich ein Widerspruch«, meinte Antje. »Wir müssen uns allerdings seine Situation vor Augen führen. Carlos wird Miekes Unterkunft in fliegender Eile durchsucht haben. Sie lebte in einer großen Pension mit zahlreichen anderen Mietern. Es bestand jederzeit die

Gefahr, dass ihm ein lästiger Zeuge über den Weg läuft. Da wird der Mörder sich nicht die Zeit genommen haben, in aller Seelenruhe in dem Tagebuch zu schmökern. Abgesehen davon, dass ihr Männer sowieso nicht gerne lest.«

»Das ist ein Vorurteil«, behauptete Roland. »Ansonsten wird es wohl wirklich so sein, wie du gesagt hast. Oder Carlos hat das Tagebuch einfach übersehen.«

»Wenn ich nur wüsste, wonach er Ausschau gehalten hat!«, brachte Antje seufzend hervor. »Lass uns zu meinem Vater gehen, es wird allmählich kühl. Ich hoffe, dass er ohne Bedienung zurechtkommt.«

Sie hatte in ihrer geräumigen Handtasche auch ein kleines Frotteetuch, mit dem sie ihre Fußsohlen säuberte, bevor sie ihre Schuhe wieder anzog.

»Ich bin sicher, dass Tjarks Lokal weiterläuft«, meinte Roland. Der Kommissarin lag die Frage auf der Zunge, woher er seinen Optimismus nahm. Doch als die beiden wenig später den Außenbereich der Juister Kajüte betraten, flitzte dort eine andere junge Frau mit einem voll beladenen Tablett zwischen den zahlreichen Gästen umher.

»Das ist doch Jannika Olsen!«, rief Antje verblüfft. »Ich wusste gar nicht, dass sie momentan auf Juist ist.«

»Ich habe die Enkelin meiner Pensionswirtin zufällig getroffen, nachdem ich das Bettlaken zur Fähre gebracht hatte«, meinte Witte lächelnd. »Und als ich ihr von Tjarks Problem erzählte, hat sie sich spontan bereiterklärt, hier zu arbeiten. Immerhin ist dein Vater ein Schulfreund ihrer Oma.«

»Du bist doch der Beste!«

Mit diesen Worten gab die Kommissarin ihrem Freund einen spontanen Kuss auf die Wange.

»Also spendierst du mir mehr als ein Bier?«, fragte er mit unschuldigem Augenaufschlag.

»Nicht gleich übermütig werden!«, gab Antje zurück.

Die Aushilfskellnerin Jannika grüßte die Inselpolizisten freundlich. Die Kommissarin wusste, dass sie als Schülerin schon öfter in der Gastronomie gearbeitet hatte. Es war ein wirklicher Glücksfall, dass Roland sie für die Juister Kajüte hatte gewinnen können. So kurz vor der Hauptsaison war es so gut wie unmöglich, auf diesem Eiland Arbeitskräfte zu bekommen.

»Moin, Jannika. Es ist toll, dass du meinem Vater hilfst«, lobte Antje.

»Tjark ist total nett, das mach ich gern«, beteuerte der Teenager.

»Mein Papa steht wahrscheinlich am Zapfhahn?«

»Darauf kannst du wetten!«, gab Jannika zurück und machte mit dem Servieren weiter.

Die beiden betraten den Gastraum. Er war so gut wie leer, weil sich an diesem schönen Abend die meisten Menschen unter freiem Himmel versammelten. Tjark Fedders Miene hellte sich auf, als er seine Tochter und Witte bemerkte.

»Moin, ihr kommt ja wie gerufen. Ich wollte sowieso noch mit dir telefonieren, Antje. Aber wie ihr seht, habe ich alle Hände voll zu tun. Und das Bier landet dank Jannika auch bei den Gästen. Danke nochmal, Roland.«

»Gern geschehen«, gab der Kommissar zurück. Er und seine Kollegin nahmen auf Barhockern Platz. Da niemand sonst an der Theke saß, konnten sie ungestört mit dem Wirt sprechen.

»Ihr dürft mir wahrscheinlich nicht sagen, wie weit eure Ermittlungen gediehen sind«, mutmaßte Tjark, während er unaufgefordert für seine Tochter und Witte jeweils ein Glas Pils zu zapfen begann.

»Das stimmt, Papa. Allerdings kannst du uns dabei helfen, den Fall aufzuklären.«

Der Alte zog seine Augenbrauen zusammen.

»Ich will alles tun, damit der Mistkerl seiner gerechten Strafe zugeführt wird. Am besten fragt ihr einfach, was ihr wissen wollt«, meinte Tjark.

»Du hast ja täglich mit Mieke zusammengearbeitet«, stellte Antje fest. »Kam sie dir in letzter Zeit verändert vor?«

Der Gastronom kratzte sich im Nacken. Er wirkte nachdenklich. Seine Antwort kam zögernd: »Nein, eigentlich nicht. Mir ist allerdings seit ihrem ersten Tag eine Sache bei ihr aufgefallen. Ich habe keine Ahnung, ob es wichtig ist.«

»Jede Kleinigkeit kann zur Aufklärung des Mordes beitragen«, sagte Witte.

Tjark betätigte wieder den Zapfhahn und erklärte: »Mieke hörte nicht sofort, wenn ich sie mit ihrem Namen rief. Wir hatten uns darauf verständigt, dass wir uns duzen. Ihr kennt mich ja, ich bin ein einfacher Kerl. Es wäre mir komisch vorgekommen, wenn meine Bedienung mich mit Herr Fedder angeredet hätte. Ich meine, schließlich haben wir zusammengearbeitet. Also war ich für sie Tjark, und ich nannte sie Mieke. Aber manchmal musste ich sie zwei oder drei Mal laut ansprechen, bevor sie zu mir kam. Mieke erklärte es damit, dass sie manchmal in Gedanken sei. Ob das daran lag, dass sie gar nicht Mieke hieß?«

Antje nickte. Die Kommissarin wunderte sich nicht darüber, dass Mieke so reagiert hatte. Wahrscheinlich war es ihr schwergefallen, sich an den angenommenen Namen zu gewöhnen. Antje hakte nach: »Papa, hat deine Kellnerin sich vor jemandem gefürchtet? Kam es dir so vor, als ob sie sich verfolgt gefühlt hätte? Oder hat sie jemals den Namen Carlos erwähnt?«

»Carlos? Nee, das hätte ich mir gemerkt. Und eingeschüchtert oder furchtsam kam Mieke mir wirklich nicht vor. Sie konnte offen auf die Gäste zugehen, hatte immer einen kessen Spruch auf den Lippen.«

»Hat Mieke mal etwas von einem Freund gesagt?«

»Über private Dinge haben wir nie gesprochen«, gab Tjark Fedder zurück. »Und ich hätte meine Kellnerin garantiert nicht nach ihrem Liebesleben ausgehorcht. Am Ende wäre ich noch als schmutziger alter Mann abgestempelt worden, der sich an seine junge Mitarbeiterin heranmachen will. Aber jetzt, wo du es erwähnst … es muss da einen Mann in Miekes Leben gegeben haben. – Hier, zum Wohl!«

Der letzte Satz bezog sich auf die beiden frisch gezapften Biere, die der Wirt nun vor seine Tochter und ihren Kollegen auf den Tresen stellte. Doch die Ermittler wollten zunächst alles über Miekes Freund erfahren. Antje forderte ihren Vater mit einer Handbewegung zum Weitersprechen auf.

»Ich glaube, dass ein Mann auf sie gewartet hat«, erzählte der Wirt. »Leider konnte ich nur seine Silhouette sehen, weil der Kerl sich außerhalb des Laternen-Lichtkegels auf der Strandpromenade herumdrückte. Es schien ihm wichtig zu sein, dass ihn niemand sieht. Und es ist ja immer schon stockfinster, wenn wir Feierabend machen. Ich habe Mieke mehrfach angeboten, sie zu ihrer Pension zu begleiten. Aber das lehnte sie ab. Sie meinte, dass Juist nicht Chicago wäre und ihr schon nichts passieren würde. Und dann wird sie direkt vor meinem Lokal niedergestochen …«

Die Kommissarin spürte, dass der Schock wegen des hinterhältigen Mordes ihrem Vater immer noch in den Knochen saß. Sie musste versuchen, noch mehr über diesen geheimnisvollen Verehrer in Erfahrung zu bringen.

»Wie oft hast du Miekes Freund bemerkt?«, wollte sie wissen.

»Ich habe den Kerl nur einmal gesehen, nämlich vorgestern Abend. Es ist möglich, dass er noch öfter gekommen ist, aber dann ist er mir nicht aufgefallen. – Hat er meine Kellnerin umgebracht?«

»Das wissen wir noch nicht«, antwortete Witte wahrheitsgemäß. »Wir versuchen momentan, so viel wie möglich über das Opfer herauszubekommen.«

»Ich weiß wirklich nicht mehr, sonst würde ich es euch sagen«, beteuerte der Alte. Antje hatte keinen Zweifel daran, dass ihr Vater sie und Roland so gut wie möglich unterstützte.

Was hatte diese neue Information zu bedeuten? Ob van Halen und Peters für den vorgestrigen Abend ein Alibi vorweisen konnten? Fest stand, dass beide zu dem Zeitpunkt bereits auf Juist eingetroffen waren. Und wenn nun eine Frau den Mord begangen hatte? Nach Jules Hinweis auf Nanno war die Kommissarin die ganze Zeit lang von einem männlichen Täter ausgegangen, wie sie selbstkritisch erkannte. Aber die Person mit Schuhgröße 38, die Kloob das Smartphone unterschieben wollte, konnte ebenso gut auch Mieke getötet haben.

»Was geht dir durch den Kopf?«, fragte Roland und prostete ihr zu.

»Ich versuche nur, ein paar lose Enden zu verknüpfen«, murmelte Antje und trank einen Schluck Bier. Ihr fehlten weitere Anhaltspunkte, um die Ermittlungen voranzutreiben. Und ein Kriminalfall war nun einmal kein Ratespiel.

Also versuchte sie, sich einfach nur zu entspannen. Das fiel ihr gar nicht so schwer, denn sie befand sich an einem sehr angenehmen Ort und in Gesellschaft der beiden Menschen, die ihr am wichtigsten waren.

Ihr Vater und Roland Witte.

Kapitel 11

Als der Inselpolizist am nächsten Morgen die Wache betrat, wurde er von seiner Kollegin sofort mit Neuigkeiten bestürmt.

»Moin, Roland! Du wirst nie raten, wer vor ein paar Minuten angerufen hat!«

»Bürgermeisterin Silke Meester? Sie hat natürlich längst Wind von unserer Mordermittlung bekommen, hält uns für überfordert und würde am liebsten Sherlock Holmes persönlich zur Unterstützung einfliegen lassen?«

»Deine Witze waren auch schon mal lustiger«, erwiderte Antje, die immer noch beste Laune hatte. »Nein, die Bürgermeisterin lässt uns ausnahmsweise in Ruhe. Stattdessen hat sich die Kollegin aus Münster gemeldet.«

Witte machte ein verblüfftes Gesicht und sagte: »Du meinst Frau Lauterbach? Dann muss sie ja eine echte Frühaufsteherin sein, wenn sie um diese Uhrzeit schon etwas herausgefunden hat.«

»Es war wohl so, dass sie die Information schon gestern Abend bekam und uns nicht mehr stören wollte. Wie auch immer, Mieke Torn heißt in Wirklichkeit Stefanie Lohse.«

»Wie ist es der Münsteraner Polizei gelungen, das herauszufinden?«, wollte der Kommissar wissen.

»Ich hatte Frau Lauterbach ja ein Foto von Mieke zukommen lassen«, erinnerte Antje. »Dieses Bild legte sie Franziska Torn vor. Die Zeugin war zunächst unsicher, doch die Aufnahme weckte Erinnerungen bei ihr. Schließlich fiel ihr wieder ein, dass sie bei dem Junggesellinnenabschied in der Münsteraner Altstadt eine fremde Frau traf, die so aussah.«

»Und daraufhin nannte Stefanie Lohse sich selbst Mieke und ernannte Franziska Torn zu ihrer Mutter?«, hakte Witte zweifelnd nach. »Und wie hat Frau Lauterbach die Identität unseres Mordopfers feststellen können?«

»Es war wohl so, dass in jener Nacht nicht nur Franziska Torn in der Ausnüchterungszelle gelandet ist«, erwiderte Antje trocken. »Stefanie Lohse war in eine Prügelei verwickelt, wurde also erkennungsdienstlich behandelt und blieb über Nacht im Polizeigewahrsam. Die Kollegin hat also die Bilder miteinander verglichen.«

Die Kommissarin drehte ihren Computerbildschirm, sodass Roland ihn betrachten konnte. Dort waren drei erkennungsdienstliche Fotos von einer verkatert wirkenden Stefanie Lohse zu sehen.

»So weit kann ich dir folgen«, sagte Antjes Kollege. »Ich verstehe nur nicht, aus welchem Grund Stefanie Lohse Franziska Torn als ihre Mutter angegeben hat und wieso sie den Namen Mieke Torn benutzte.«

»Stefanie Lohse saß ja mit Franziska Torn in der Zelle, und kurz zuvor hatte sie aus der Zeitung vom Unfalltod der echten Mieke Torn erfahren«, erklärte die Ermittlerin und fügte hinzu: »Frau Lauterbach erzählte mir, dass eine Todesanzeige in der Lokalpresse erschienen sei. Es ist wohl so, dass Stefanie einen Cyberkriminellen kannte, den die Münsteraner Polizei schon länger im Visier hat. Ihn wird Stefanie gebeten haben, ihr aus den Daten der toten Mieke Torn eine komplette neue Identität zu schaffen. Der Mann ist inzwischen aufgeflogen. Die Kollegen werten momentan noch seine Computer aus. Er hatte sich offenbar darauf spezialisiert, im Darknet solche fast perfekten Fälschungen anzubieten. Mit seiner Hilfe konnte Stefanie Lohse unerkannt untertauchen.«

»Einverstanden, und warum hat Stefanie Franziska Torn zu ihrer Mutter ernannt?«, rätselte Roland. Antje zuckte mit den Schultern.

»Wahrscheinlich hat sie nicht damit gerechnet, dass jemand tatsächlich Kontakt mit dieser Frau aufnehmen würde. Natürlich hätte Stefanie meinem Vater gegenüber auch als Waisenkind auftreten können. Aber das hat sie nicht getan.«

»Wollen wir uns darauf einigen, dass wir die Person weiterhin Mieke nennen?«, bat der Inselpolizist. »Andernfalls komme ich noch ganz durcheinander. Weißt du denn jetzt auch, aus welchem Grund Mieke ihren echten Namen abgelegt und sich nach Juist abgesetzt hat?«

»Nein, das konnte ich noch nicht herausfinden. Sie wurde von ihren echten Eltern als vermisst gemeldet. Frau Lauterbach will heute mit ihnen sprechen. Wahrscheinlich müssen sie nach Oldenburg fahren, um die Leiche dort im gerichtsmedizinischen Institut offiziell zu identifizieren. Der Münsteraner Kollegin ist es aber gelungen, eine Schulfreundin von Stefanie Lohse alias Mieke aufzutreiben. Sie heißt Anke Knebusch. Ich werde sie jetzt gleich anrufen, wenn du nichts dagegen hast.«

»Ich bitte darum, ich platze nämlich vor Neugier!«, behauptete Witte. Seine Kollegin grinste und schaltete den Telefon-Lautsprecher ein, bevor sie die Nummer von Anke Knebusch eintippte. Es meldete sich eine Arztpraxis. Antje nannte ihren Namen und bat darum, mit Frau Knebusch sprechen zu dürfen. Sie wurde verbunden, gleich darauf war eine junge Frauenstimme zu hören.

»Knebusch.«

»Moin, mein Name ist Fedder. Ich bin von der Polizei Juist. Es geht um Stefanie Lohse …«

»Haben Sie sie gefunden?«, rief Frau Knebusch aufgeregt. »Geht es ihr gut?«

Solche Momente verabscheute die Kommissarin zutiefst, auch wenn sie ansonsten ihren Beruf liebte.

»Leider muss ich Ihnen mitteilen, dass Stefanie Lohse nicht mehr lebt. Sie wurde zwar noch nicht offiziell identifiziert, aber es spricht alles dafür.«

»Oh …« Man konnte hören, wie Frau Knebusch mit den Tränen kämpfte. Sie fuhr mit brüchiger Stimme fort: »Das ist furchtbar, aber ich hatte schon so etwas befürchtet. Stefanie ist nicht ohne Grund aus Münster geflohen und hat alle Brücken hinter sich abgebrochen.«

»Also verriet sie Ihnen nichts über ihre Zukunftspläne?«

»Nein, Frau Fedder. Plötzlich war Stefanie fort, als ob es sie niemals gegeben hätte. Das war wohl die einzige Möglichkeit, wie sie diesem irren Carlos entkommen konnte. Hat er sie getötet?«

Antje antwortete nicht, sondern stellte eine Gegenfrage: »Sprechen Sie von Carlos Sanchez?«

»Ich weiß nicht, wie der Mistkerl mit Nachnamen heißt. Stefanie hatte jedenfalls eine Heidenangst vor ihm, nachdem sie mit ihm Schluss gemacht hat. So einer akzeptiert kein Nein von einer Frau.«

»Hat Stefanie sich nicht an die Polizei gewandt?«

Anke Knebusch stieß ein hartes Lachen aus.

»Nichts für ungut, aber auf Ihre Kollegen wollte sie sich nicht verlassen. Wissen Sie, wie oft Carlos schon verhaftet wurde? Und meist ist er am nächsten Tag wieder durch Münster spaziert, als ob nichts gewesen wäre. Der fürchtet sich nicht vor der Polizei, das können Sie mir glauben.«

Antje wollte nicht auf diesem Punkt herumreiten. Stattdessen sagte sie: »Stefanie hat hier auf Juist unter falschem Namen als Kellnerin gearbeitet. Womit verdiente sie ihren Lebensunterhalt, als sie noch in Münster wohnte?«

Die Schulfreundin zögerte einen Moment mit der Antwort.

»Stefanie war ein unsteter Mensch«, erwiderte sie schließlich. »Sie hielt es in keinem Job lange aus, verkaufte Gemüse auf dem Wochenmarkt und hat auch Gastronomie-Erfahrung. Obwohl sie das Abitur mit Ach und Krach schaffte, bekam sie kein Studium und auch keine Berufsausbildung auf die Reihe. Ich weiß nicht, ob sie einen Knacks hatte. Vielleicht war sie einfach nur sprunghaft. Auf jeden Fall habe ich einen sehr warmherzigen Menschen verloren.«

Die Kommissarin konnte hören, dass ihre Gesprächspartnerin schluchzte.

»Wissen Sie etwas von kriminellen Aktivitäten, in die Stefanie verwickelt gewesen sein könnte?«, hakte sie nach.

Anke Knebusch putzte sich geräuschvoll die Nase, bevor sie antwortete: »Nein, da muss ich passen. Allerdings hatte Stefanie eine Schwäche für gefährliche Typen, deshalb ist sie ja auf Carlos reingefallen. Ich glaube, der Kerl war der größte Fehler ihres Lebens. Sie musste komplett untertauchen, um ihn loszuwerden. Und nun scheint er sie doch erwischt zu haben.«

»Wissen Sie, ob Stefanie eine besondere Beziehung zu unserer Insel hatte? Kannte sie hier womöglich jemanden?«

»Ich bedaure, darüber weiß ich nichts, Frau Fedder.«

»Sie haben uns schon sehr weitergeholfen«, sagte Antje. »Darf ich Sie noch einmal anrufen, falls sich weitere Fragen ergeben?«

»Das können Sie selbstverständlich gern tun. Ich will ja auch, dass der Mörder meiner Freundin so schnell wie möglich gefasst wird.«

Die Kommissarin legte auf. Sie und ihr Kollege, der an seinem Arbeitsplatz gegenüber saß, schauten einander an.

»Stefanie gibt sich als Mieke aus und verwischt ihre Spuren, will aber andererseits als Trauzeugin fungieren«, dachte Witte laut nach. »In meinen Augen ist das ein großer Widerspruch.«

Antje nickte und tippte auf ihrer Computertastatur herum.

»Was machst du?«, fragte der Kommissar.

»Ich jage Miekes echten Namen durch unsere Datenbanken … das ist wirklich seltsam, Roland. Sie wurde nur zu einer einzigen Strafe verurteilt, wegen einfacher Körperverletzung. Das muss diese Rauferei gewesen sein, von der die Münsteraner Kollegin sprach. Der Richter hielt Stefanie wohl nicht für besonders gefährlich, jedenfalls beließ er es bei einer Geldstrafe. Ich kann hier auch keinen Hinweis auf Jugendstrafen sehen, die unter Verschluss gehalten werden.«

Witte warf ihr einen fragenden Blick zu.

»Warum findest du es so merkwürdig, dass Mieke nur einmal erwischt wurde? Vielleicht haben wir es mit einer ganz besonders raffinierten Taschendiebin zu tun.«

Antje schüttelte den Kopf.

»Das ist natürlich denkbar, kommt mir aber unwahrscheinlich vor. Da stimmt etwas nicht, das sagt mir mein Bauchgefühl«, sagte sie.

Der Kommissar stand von seinem Bürostuhl auf.

»Noch besteht die Chance, dass Carlos Juist nicht verlassen hat. Ich will dem Mörder endlich Handschellen anlegen. Und ich bin sicher, dass es dir genauso geht.«

»Darauf kannst du wetten!«, gab Antje zurück. Die beiden Inselpolizisten verließen die Wache, schwangen sich auf ihre Fahrräder und setzten die Kontrolle der Übernachtungsbetriebe fort. Normalerweise hätten sie sich die Arbeit aufgeteilt, um schneller fertig zu werden. Doch da sie momentan einen mutmaßlichen Gewalttäter jagten, wollten sie lieber zu zweit auftreten. Man musste davon ausgehen, dass Carlos sich nicht widerstandslos verhaften lassen würde.

Nachdem sie einige Stunden lang erfolglos die Fotos des Verdächtigen herumgezeigt hatten, nahm Witte Antje beiseite.

»Du bist heute selbst für eine schweigsame Inselfriesin ungewöhnlich still«, stellte er fest.

»Ich denke nur nach«, erwiderte sie lächelnd. »Fest steht, dass auch Jule Dammer und Eric van Halen die Trauzeugin nur unter ihrem falschen Namen kannten. Aus welchem Grund hat sie ihnen nicht verraten, wie sie wirklich heißt?«

»Das ist doch nachvollziehbar«, behauptete der Kommissar. »Als Mieke die reiche Jule kennenlernte, wurde sie gewiss nicht sofort darum gebeten, Trauzeugin zu sein. Trotzdem war Jule für Mieke eine lohnende Beute. Sie hatte gewiss schon zu der Zeit vor, Beute zu machen. Und da ist es natürlich nicht sinnvoll, sich mit dem Klarnamen vorzustellen.«

»Ja, wahrscheinlich«, murmelte die Kommissarin.

»Du scheinst mir nicht sehr überzeugt zu sein«, meinte Witte.

»Ich fürchte, dass auch Carlos nicht unser Mann ist, Roland. Nach dem, was wir über ihn wissen, passt die Tatausführung nicht zu ihm. Gewiss, er könnte eine Frau niederstechen, weil er sie für sein Eigentum hält. Und dann plant er eiskalt, das Verbrechen Nanno in die Schuhe zu schieben? Das kommt mir unwahrscheinlich vor. Von der Komplizin, die das Smartphone im Haus der Kloobs deponierte, will ich gar nicht erst reden.«

»Das ist schon widersprüchlich«, gab Antjes Kollege zu. »Versteh mich nicht falsch, ich will Carlos auf jeden Fall erwischen. Falls er für die Tatzeit ein wasserdichtes Alibi hat, können wir immer noch neu überlegen.«

Die Kommissarin deutete mit einer Kinnbewegung Richtung Hotel Pacific. Die Inselpolizisten hatten sich inzwischen dem großen weißen Gebäude bis auf Steinwurflänge genähert.

»Dann sind wir uns ja einig, mein Lieber. Es ist jetzt schon fast Mittag, inzwischen wird die Ersatz-Trauzeugin eingetroffen sein. Wenn wir das Rezeptionspersonal nach Carlos befragt haben, möchte ich die Dame zu gern kennenlernen.«

Die Ermittler betraten wieder die weiträumige Lobby des mondänen Hotels. Ihnen kamen etliche Gäste entgegen, die es an den nahe gelegenen Strand zog. Als Antje und Witte die Angestellten befragten, mussten sie sich erneut mit einem Misserfolg zufriedengeben. Im Hotel Pacific war aktuell kein Gast mit einem Spanisch klingenden Namen abgestiegen, und mit den erkennungsdienstlichen Fotos konnten die Befragten auch nichts anfangen. Sie kamen den Inselpolizisten glaubhaft vor.

»Sind Jule Dammer und Eric van Halen anwesend?«, wollte Antje abschließend wissen. Eine Rezeptionistin nickte und zeigte auf die Aussichtsterrasse.

»Das scheint ihr Lieblingsplatz zu sein«, meinte Witte trocken, während sie auf die großen Glastüren zugingen, durch die der Außenbereich von der Hotelhalle abgetrennt wurde. Und wirklich hatte das zukünftige Ehepaar sich an denselben Tisch gesetzt wie am Tag zuvor. Auch Oliver Peters sowie eine noch unbekannte junge Frau hatten sich zu ihnen gesellt.

»Wir haben offenbar die Hochzeitsgesellschaft schon versammelt«, raunte der Kommissar seiner Kollegin zu, bevor sie in Hörweite waren. Der Bräutigam hatte die Uniformierten entdeckt und winkte sie lächelnd zu sich heran. Jule Dammer sah hingegen noch reichlich verschlafen aus. Sie konnte die Augen kaum offen halten und nickte den Inselpolizisten einfach nur zu.

Ob sie am Vorabend zu tief ins Cocktailglas geschaut hatte? An diesem Vormittag trank das Quartett jedenfalls keinen Alkohol, sondern Tee oder Kaffee.

»Guten Morgen, ich grüße Sie! Darf ich Ihnen Alina Relling vorstellen? Sie konnte sich glücklicherweise kurzfristig freimachen, um unsere Trauzeugin zu sein.«

Die junge Frau erhob sich von ihrem Stuhl und gab den beiden Inselpolizisten die Hand. Während Antje ihren Kollegen und sich mit Namen und Dienstgrad vorstellte, schaute sie sich Alina Relling genauer an.

Die Brünette war schätzungsweise Anfang bis Mitte zwanzig. Antje hielt die neue Trauzeugin nicht für eine klassische Schönheit, obwohl sie recht hübsch war. An diesem Maitag trug sie Jeans, eine türkisfarbene Bluse und einen hellen Leinen-Blazer.

»Ich kann immer noch nicht glauben, dass Mieke tot sein soll«, sagte Alina. »Ein Mord auf dieser schönen Insel, so etwas ist beängstigend.«

»Sie kannten Mieke Torn?«, vergewisserte die Kommissarin sich.

»Ich bin ihr nur ein oder zwei Mal in Münster kurz begegnet«, erwiderte die neue Trauzeugin. »Sie war ja Jules Freundin und nicht meine. – Damit will ich nicht sagen, dass ich etwas gegen Mieke gehabt hätte«, fügte sie schnell hinzu.

Die Braut hob den Kopf, als ihr Name fiel.

»Ich kann mir nicht vorstellen, dass jemand Mieke nicht mochte«, sagte sie mit matter Stimme. »Sie war eine Seele von Mensch.«

»Hat Mieke mit Ihnen über einen Mann namens Carlos gesprochen?«, wollte die Kommissarin wissen. Die Frage war wieder an Alina gerichtet. Die junge Frau schüttelte den Kopf.

»Nein, daran kann ich mich nicht erinnern. Ist dieser Carlos ihr Mörder?«

»Wir ermitteln in alle Richtungen.« Mit diesen Worten schaltete sich Witte in das Gespräch ein. »Sind Sie mit der Morgenfähre angekommen, Frau Relling?«

»Ja, genau. Eric hat mich abgeholt.«

»Es tut mir wirklich leid, dass ich nicht zum Hafen mitgekommen bin«, beteuerte Jule. »Ich habe geschlafen wie ein Stein und bin immer noch etwas sauer auf meinen Liebsten, weil er mich nicht geweckt hat.«

»Ich betrat dein Zimmer und kriegte dich einfach nicht wach«, verteidigte van Halen sich. »Es ist offensichtlich, dass dein Körper die Ruhe brauchte. Du musst doch für den wichtigsten Tag in deinem Leben fit sein, Schatz.«

Die Braut warf ihm einen liebevollen Blick zu.

»Ich weiß ja, dass du es nur gut gemeint hast. Deshalb kann ich dir auch nicht richtig böse sein.« Und zu den Ermittlern sagte sie: »Eric kümmert sich wirklich rührend um mich.«

Antje ging nicht auf die Bemerkung ein. Stattdessen sagte sie: »Wir haben inzwischen in Erfahrung gebracht, dass Mieke Torn ein falscher Name war. Die Ermordete hieß in Wirklichkeit Stefanie Lohse.«

Während sie diese Information preisgab, beobachtete die Inselpolizistin die vier Personen genau. Sie wollte die Reaktionen testen. Die Neuigkeit schien Jule Dammer, Alina Relling und Eric van Halen zu verblüffen. Nur Oliver Peters schien nicht richtig hingehört zu haben. Stattdessen versuchte er, Antje in einen Augenflirt zu verwickeln. Allmählich ging ihr seine penetrante Art gewaltig auf den Wecker. Oder baggerte er sie nur an, um seine Verwicklung in den Mord zu kaschieren?

Der junge Niederländer fand als Erster die Sprache wieder.

»Sind Sie sicher? Weshalb hätte Mieke sich uns unter … wie sagt man … fremder Flagge nähern sollen?«

»Über Details der Ermittlungen dürfen wir uns nicht äußern«, entgegnete Witte steif. »Also kannte keine oder keiner von Ihnen den echten Namen des Mordopfers?«

Alle vier Personen verneinten.

»Herr van Halen wollte Sie hier im Hotel Pacific unterbringen, Frau Relling. Hat das geklappt?«, forschte die Kommissarin.

»Ja, und mein Zimmer ist absolut traumhaft«, lautete die Antwort.

»Konnten Sie so kurzfristig überhaupt ein passendes Kleid ergattern?«

Mit dieser Frage zielte Antje in eine bestimmte Richtung.

»Ich hatte es ja schon«, platzte Alina heraus. Im nächsten Moment sah sie so aus, als ob sie sich am liebsten auf die Zunge gebissen hätte. Aber da hatte sie den Satz schon von sich gegeben.

»Ursprünglich sollten Sie die Trauzeugin sein, nicht wahr?«, sagte die Inselpolizistin ihr auf den Kopf zu. »Doch dann wurden Sie durch Mieke verdrängt.«

»Wollen Sie damit etwas andeuten, Frau Fedder?«

Mit dieser Frage mischte sich Jule ein. Die Kommissarin zuckte mit den Schultern.

»Ich stelle nur die Tatsachen fest«, erklärte sie.

»Natürlich war ich etwas enttäuscht, aber an meiner Freundschaft zu Jule hat sich dadurch nichts geändert«, beteuerte die Trauzeugin. »Glauben Sie, ich hätte etwas mit Miekes Tod zu tun?«

»Wir versuchen nur, so viele Informationen wie möglich über die Umstände der Tat zu gewinnen«, erklärte der Kommissar.

Und seine Kollegin ergänzte: »Wir benötigen Ihre Mobilnummer. Womöglich ergeben sich noch weitere Fragen.«

Alina Relling nannte eine Zahlenfolge, die Antje sich notierte. Van Halen lächelte die Beamten an: »Sie beide sind übrigens herzlich zu unserer Eheschließung eingeladen. Ich bin sicher, dass Sie bis Samstag den Täter verhaftet haben werden. Wir fühlen uns jedenfalls auf Juist weiterhin gut aufgehoben.«

Mit diesen Worten drückte er dem Kommissar eine Einladungskarte in die Hand.

»Falls wir Zeit haben, kommen wir gern«, murmelte Witte, der von diesem Vorstoß des Bräutigams offenbar völlig überrumpelt wurde. Auch Antje hatte nicht mit diesem Angebot gerechnet. Die Inselpolizisten verließen das Hotel und schoben ihre Fahrräder zu einer nahe gelegenen Pension, um die Fahndung nach Carlos fortzusetzen.

»Bist du schon mal im Rahmen einer Ermittlung zu einer Hochzeit eingeladen worden, Antje?«

Die Kommissarin beantwortete die Frage ihres Kollegen mit einem langen Seufzer. Dann sagte sie: »Ich war schon bei unzähligen Eheschließungen anwesend. Die Insel ist klein, und wer hier heiratet, lädt alle Bewohner ein, die nicht gerade seine Todfeinde sind. Apropos: Findest du es nicht reichlich seltsam, dass Alina offenbar gar nicht eingeladen war? Sie muss jetzt den Notnagel spielen, weil Mieke ermordet wurde.«

»Ist das so ungewöhnlich?«, fragte Witte zurück. »Alina wird enttäuscht gewesen sein, weil sie ursprünglich als Trauzeugin fungieren sollte. Aber deshalb bringt man doch nicht gleich jemanden um.«

»Das habe ich auch nicht behauptet, obwohl Menschen schon aus nichtigeren Gründen getötet wurden. Ich will darauf hinaus, dass Jule und Alina angeblich so gute Freundinnen waren. Überleg doch mal, Roland! Die Braut lädt Alina wieder aus und reaktiviert sie erst, als es nicht anders geht. Da würde ich mir anstelle der neuen Trauzeugin aber reichlich ausgenutzt vorkommen.«

»Womöglich wäre Alina ohnehin als normaler Gast angereist«, mutmaßte der Kommissar, »auch wenn es sich nicht danach anhörte. Hältst du Alina für die Frau, die Nanno das Smartphone unterschieben wollte? Aber sie ist doch erst heute auf der Insel eingetroffen.«

»Ja, angeblich! Bisher wissen wir nicht, ob das überhaupt stimmt«, stellte Antje klar.

»Wenn Alina die Unwahrheit sagt, dann wurden wir ebenfalls vom Bräutigam angelogen«, erinnerte Witte. »Er will ja die Trauzeugin heute angeblich von der Fähre abgeholt haben.«

»Es ist gar nicht mal so schlecht, wenn wir auf der Hochzeit erscheinen«, meinte die Kommissarin. »Selbst wenn van Halen und Alina nichts mit dem Mord zu schaffen haben, führen sie womöglich Übles im Schilde. Ich möchte das Umfeld des Brautpaares etwas intensiver durchleuchten, das haben wir nämlich noch gar nicht gemacht.«

»Wir sollten uns nicht verrennen«, mahnte Witte. »Carlos ist nach wie vor mein Verdächtiger Nummer eins. Und gleich danach kommt Miekes geheimnisvoller Liebhaber. Da ist übrigens Oliver Peters ein aussichtsreicher Kandidat. Er war bereits auf der Insel und scheint auf Biegen und Brechen Frauen kennenlernen zu wollen.«

Antje warf ihm einen Seitenblick zu, dann lachte sie.

»Wirst du etwa von Eifersucht getrieben, mein Bester?«

Der Kommissar schüttelte den Kopf.

»Es kann dir doch nicht entgangen sein, wie penetrant Peters dich anbaggert.«

»Natürlich nicht, ich bin ja weder blind noch taub. Doch gerade seine Anmachtour ist für mich der beste Beweis für seine Unschuld. Welcher Mörder wäre so dämlich, das Interesse der Polizei so auf sich zu ziehen?«

»Wenn du wüsstest, für wie unwiderstehlich manche Männer sich selbst halten, Antje.«

»Sprichst du aus Erfahrung?«, fragte sie scherzend, wurde aber sofort wieder ernst. »Peters ist gewiss kein Unschuldslamm. Und dass er mit der rechten Hand nach seiner Visitenkarte gegriffen hat, entlastet ihn keineswegs. Wusstest du übrigens, dass ein kleiner Anteil der Bevölkerung fast gleich gut mit beiden Händen zurechtkommt? Das sind oftmals Linkshänder, die während ihrer Kindheit zum Benutzen der rechten Hand gedrillt wurden.«

Die Inselpolizisten unterbrachen ihr Gespräch, um in der kleinen Pension nach Carlos zu suchen. Doch auch in diesem Beherbergungsbetrieb hatte niemand eingecheckt, auf den die Beschreibung zutraf. Als die beiden das urige, gemütliche Friesenhaus wieder verließen, klingelte Antjes Smartphone. Sie hatte die Rufumleitung aktiviert, sodass Anrufe bei der Dienststelle auf ihrem Apparat landeten.

»Moin, hier ist die Polizei Juist, mein Name ist Fedder. Wie können wir Ihnen helfen?«

»Moin, ich bin Dr. Vohrer vom gerichtsmedizinischen Institut Oldenburg. Haben Sie kurz Zeit, um das Obduktionsergebnis der Frauenleiche mit mir durchzugehen?«

Kapitel 12

Antjes Pulsschlag beschleunigte sich, während sie antwortete.

»Selbstverständlich, Herr Doktor.«

»Beginnen wir zunächst mit den allgemeinen Angaben«, sagte der Gerichtsmediziner. Die Kommissarin hörte, wie mit Papier geraschelt wurde. Er fuhr fort: »Wir konnten keine Vorerkrankungen feststellen, auch ein Drogenscreening verlief negativ. Der Alkoholkonsum muss sich im normalen Rahmen gehalten haben, jedenfalls konnten wir zum Zeitpunkt des Todes überhaupt keine Rückstände im Blut feststellen.«

»Und was ist mit der Tat selbst?«, hakte die Kommissarin nach.

»Der Mörder hat ein schmales Messer mit einer ungefähr zwanzig Zentimeter langen Klinge benutzt, Frau Fedder. Es gibt nur eine Eintrittswunde, mit diesem Stich wurde direkt das Herz getroffen. Der Tod muss innerhalb weniger Minuten eingetreten sein. Und der Wundkanal lässt ungefähre Rückschlüsse auf die Größe des Täters zu. Die Leiche maß einen Meter fünfundsechzig. Die Wucht, mit der das Gewebe zerstört wurde, lässt darauf schließen, dass der Mörder schräg von oben zugestoßen hat. Erfahrungsgemäß wird er mindestens einen Meter achtzig groß sein, womöglich noch mehr.«

»Gibt es Abwehrverletzungen?«, fragte Antje.

»Leider nicht. Unter den Fingernägeln konnten wir keine Fremd-DNA finden. Der Stich wurde schräg von hinten ausgeführt, auf der linken Körperhälfte.«

»Also haben wir es mit einem Linkshänder zu tun?«, vergewisserte die Inselpolizistin sich.

»Erfahrungsgemäß ja, aber einen eindeutigen Beweis für diese Annahme gibt es nicht«, erwiderte Dr. Vohrer. Vor Gericht zählten letztlich nur die Fakten, das war Antje vollkommen bewusst. Weitere Informationen konnte sie dem Gerichtsmediziner nicht entlocken. Er versprach, den schriftlichen Bericht umgehend nach Juist zu schicken, und beendete das Telefonat. Obwohl Witte einiges aufgeschnappt hatte, brachte sie ihn kurz auf den neuesten Stand.

»Wenn wir den Annahmen des Arztes folgen, können wir die weiblichen Verdächtigen jetzt wohl ausschließen«, meinte er. »Als Alina Relling vorhin aufgestanden ist, konnte man ihre Körperlänge gut abschätzen. Die ist auf jeden Fall kleiner als Mieke, und auch Jule misst niemals eins achtzig, noch nicht mal mit hohen Absätzen.«

»Wobei die Braut mir immer noch am wenigsten verdächtig erscheint«, murmelte Antje nachdenklich. »Trotzdem muss der Mörder eine Komplizin gehabt haben. Oder fällt dir ein anderer plausibler Grund für die Fußabdrücke unter Nannos Fenster ein?«

Der Kommissar schüttelte den Kopf und sagte: »Wenn es der Täter darauf angelegt hat, einen Vorbestraften als Sündenbock aufzubauen, ist Nanno dafür der ideale Kandidat. Ich habe gestern Abend noch etwas im Internet recherchiert. Es hat keine Viertelstunde gedauert, bis ich auf einschlägige Medienartikel über *Nanno K.* gestoßen bin. Und zehn Minuten später hatte ich seine Adresse herausgefunden.«

»Das ist erschreckend«, meinte die Kommissarin. »Der Mörder hat darauf gehofft, dass wir Nanno verhaften und niemand an seine Unschuld glaubt.«

Witte ergänzte: »Gleichzeitig muss der Täter uns nicht für *völlig dämlich* halten. Immerhin hat er die SIM-Karte aus

Miekes Smartphone entfernt. Und warum? Weil die Informationen darauf uns zu ihm führen würden!«

Antje schnippte mit den Fingern.

»Wenn der Mobilfunkanbieter sich nicht innerhalb der nächsten zwei Stunden meldet, rufe ich noch mal dort an und mache Dampf! Lass uns jetzt mal schauen, was wir über Jule Dammer herausfinden können.«

Die Inselpolizisten kehrten zur Dienststelle zurück. Auf dem Weg dorthin holten sie sich bei *Frankies Grill* Seelachs mit Kartoffelsalat für Antje und einen Cheeseburger mit Pommes für Roland zum Mitnehmen. Sie wollten keine ausgiebige Mittagspause machen, sondern mit ihrem Fall vorankommen. Also verspeisten sie ihr Essen nebenbei, während sie online Informationen über die Braut sammelten.

»Gleich und gleich gesellt sich gern«, kommentierte Witte kauend, während er einen Artikel überflog. »Jule Dammers Familie nagt nicht gerade am Hungertuch, wie wir es ja schon vermutet hatten. Sie ist offenbar die einzige Tochter von Klaus Dammer, der eine Fabrik für Autozubehör besitzt.«

»Bankierssohn heiratet Unternehmertochter, so etwas soll es geben«, meinte Antje, während sie sich ihren Seelachs schmecken ließ. Sie fuhr fort: »Irgendwie passt Mieke nicht in diese elitäre Welt, wenn du mich fragst. Für meinen Geschmack hat Jule ein wenig zu sehr betont, wie gut sie sich mit ihrer neuen besten Freundin versteht.«

»Mieke wird für sie eine Exotin gewesen sein«, mutmaßte der Kommissar. »Außerdem konnte das spätere Mordopfer seine Mitmenschen offenbar gut manipulieren. Ich halte Jule für ziemlich blauäugig. Es wird Mieke nicht schwergefallen sein, sie um den kleinen Finger zu wickeln. Immerhin hatte sie ein großes Ziel vor Augen, nämlich am Morgen nach der Hochzeit richtig Beute zu machen.«

»Ja, das könnte stimmen«, gab Antje zurück und griff zum Telefonhörer.

»Wen rufst du an?«

»Anke Knebusch, Miekes Freundin aus Schultagen.«

Die Ermittlerin hatte den Lautsprecher eingeschaltet, um Roland an dem Gespräch teilhaben zu lassen. Es dauerte nicht lange, bis Antje die Stimme der Arzthelferin erkannte.

»Moin, hier ist Antje Fedder von der Polizei Juist. Haben Sie einen Augenblick Zeit?«

»Ja, ein paar Minuten kann ich schon erübrigen. Haben Sie Stefanies Mörder schon verhaften können?«

»Wir stecken noch in den Ermittlungen«, erwiderte die Kommissarin wahrheitsgemäß. »Ich hatte Sie bei unserem letzten Telefonat noch nicht gefragt, wann Sie Stefanie zum letzten Mal gesehen haben.«

»So genau kann ich das leider gar nicht sagen, aber ein paar Wochen muss es schon her sein, Frau Fedder.«

»Wo trafen Sie Ihre Freundin?«

»Wir begegneten uns zufällig auf dem Wochenmarkt, hier in Münster. Jetzt erinnere ich mich daran, dass Stefanie gehetzt und aufgeregt wirkte. Es tut mir leid, dass ich es neulich noch nicht erwähnt habe.«

»Sprach sie bei der Gelegenheit mit Ihnen über Carlos?«

»Ja, Stefanie erwähnte ihn allerdings nur mit einem Satz. Ich glaube, das Thema war ihr unangenehm. Sie schien sowieso genervt zu sein. Aber das lag wohl eher an dieser neuen Freundin, die ihr auf den Wecker ging.«

Antje horchte auf.

»Was für eine neue Freundin?«

»Sie heißt Julia oder so ähnlich. Sie war gemeinsam mit Stefanie auf dem Markt. Allerdings befand sie sich ein Stück weit von uns entfernt an einem Obststand. Doch sobald sie bemerkte, dass Stefanie mit mir redete, kam sie sofort auf uns zugestürmt. Sie kam mir sehr besitzergreifend vor. So, als ob sie ihre Freundin mit niemandem teilen wollte. Ich bin dann schnell verschwunden, ich war sowieso in Begleitung meines Freundes da.«

Diese Information ließ die Ermittlerin in tiefe Nachdenklichkeit versinken.

»Sind Sie noch da, Frau Fedder?«

»Ja, verzeihen Sie bitte die Unterbrechung. Wissen Sie noch, ob Sie Stefanie an dem Tag mit ihrem Namen angeredet haben?«

»Das ist jetzt schon einige Zeit her, aber ich glaube nicht«, erwiderte Anke Knebusch.

»Ich möchte Ihnen eine Bilddatei auf Ihr Smartphone schicken. Könnten Sie mir bitte sagen, ob Sie eine der Personen erkennen?«

Nachdem Antje diese Frage gestellt hatte, fotografierte sie schnell die Einladungskarte ab, die Roland von dem Bräutigam erhalten hatte. Darauf waren sowohl Eric van Halen als auch Jule Dammer abgebildet. Nachdem Anke Knebusch ihre Mobilnummer genannt hatte, ließ Antje ihr die Bilddatei zukommen. Auf die Antwort musste sie nicht lange warten.

»Den Mann kenne ich nicht, aber die Frau ist eindeutig Stefanies neue Freundin Julia!«, rief die Arzthelferin aufgeregt.

»Sie heißt Jule«, korrigierte die Kommissarin zerstreut. »Sie haben uns sehr geholfen, Frau Knebusch. Vielen Dank.«

Mit diesen Worten beendete sie das Telefonat.

»Jetzt verstehe ich überhaupt nichts mehr«, gestand der Kommissar. »Nun sieht es so aus, als ob Jule auf Teufel komm raus den Kontakt zu Mieke gesucht hätte. In dem Tagebuch stand aber etwas völlig anderes, wenn ich dich richtig verstanden habe.«

Antje nickte.

»Ja, allmählich fügen sich die Puzzleteile zusammen«, behauptete sie. »Laut Miekes Kladde war sie eine durchtriebene Taschendiebin, die Jules Freundschaft gesucht hat, um den großen Reibach zu machen.«

Die Kommissarin aß weiter, die Aufregung hatte sie hungrig gemacht. Antje glaubte, kurz vor der Lösung des Rätsels zu stehen. Auch Roland widmete sich wieder seinen Pommes und seinem Burger. Allerdings ließ sein Gesichtsausdruck nicht darauf schließen, dass er das Rätsel lösen konnte.

»Willst du darauf hinaus, dass Jule ihre Trauzeugin erstochen hat, Antje? Aber warum hätte sie das tun sollen? Weil van Halen sie mit Mieke betrogen hat? Ist er der geheimnisvolle Liebhaber, den das Mordopfer in ihrem Pensionszimmer empfing? Gab es also gar keinen männlichen Täter? Hat Jule Mieke getötet und Nanno das Smartphone untergeschoben? Der Gerichtsmediziner sagte doch, dass der Stich schräg von oben geführt wurde.«

»Sie kann sich auf die Zehenspitzen gestellt haben. Oder Mieke hat sich gebückt«, meinte Antje. Doch sie fand selbst, dass diese Erklärung nicht besonders überzeugend klang. Jeder halbwegs begabte Strafverteidiger würde sie in der Luft zerreißen.

Da bemerkte die Kommissarin, dass eine neue Mail in ihrem virtuellen Posteingang gelandet war. Sie öffnete das Dokument sofort, denn es stammte von Miekes Mobilfunk-anbieter.

»Endlich lassen sich die Herrschaften dazu herab, uns die Einzelverbindungsnachweise zu schicken!«, freute sie sich. Antje druckte das Dokument sofort aus, dann verglich sie die Telefonnummern mit den Aufzeichnungen in ihrem Notizbuch. Witte kam zu ihr hinüber und schaute ihr über die Schulter.

»Da haben wir ja eine interessante Übereinstimmung!«, rief sie.

Roland nickte.

»Ja, die letzte Textnachricht an Mieke wurde von Jule Dammers Smartphone geschickt – am Abend vor dem Mord.«

Kapitel 13

»Holen wir die Braut zum Verhör?«, fragte Roland, während er tatendurstig aufstand.

»Nicht so voreilig.«

Mit diesen Worten bremste Antje ihren Kollegen.

»Worauf willst du denn noch warten?«, fragte er irritiert.

»Jule wird Mieke mit der Textnachricht zur Juister Kajüte gelockt haben, aus was für Gründen auch immer. Und als sie dort eintraf, hat die Braut ihre Nebenbuhlerin hinterrücks erstochen.«

»So könnte es gewesen sein«, gab die Kommissarin zu. »Aber ich will zunächst noch bei meinem Vater vorbeischauen.«

»Warum?«

»Das wirst du dann schon sehen.«

Die Inselpolizisten machten sich auf den Weg zur Strandpromenade. Tjark Fedder lächelte erfreut, als er seine Tochter und Roland erblickte.

»Moin, ihr beiden Hübschen! Was kann ich für euch tun?«

»Papa, du hast doch bestimmt einen Arbeitsvertrag mit Mieke gemacht.«

»Ja, ich bin eine ehrliche Haut«, meinte der alte Seebär.

»Das weiß ich doch«, gab Antje schmunzelnd zurück. »Gibt es außer Miekes Unterschrift auf dem Dokument noch irgendetwas, auf dem man ihre Handschrift erkennen kann?«

»Handschrift«, wiederholte Tjark nachdenklich. »Ja, sie hat vorige Woche eine Einkaufsliste geschrieben. Die müsste noch im Altpapier liegen.«

Er zeigte den Inselpolizisten den Behälter. Nach einigem Suchen fanden sie den passenden Zettel.

»Ich bin hundertprozentig sicher, dass diese Schrift nicht mit der des Tagebuchs übereinstimmt«, sagte die Kommissarin zu ihrem Kollegen.

»Also ist die Kladde eine Fälschung?«, hakte Witte nach.

»Jule *wollte,* dass wir dieses Tagebuch finden und Mieke für eine Taschendiebin halten?«

»Womöglich ist nicht Jule die Frau, nach der wir suchen, Roland.«

»Du denkst an Alina? Aber die neue Trauzeugin war doch noch gar nicht auf Juist, als Mieke erstochen wurde.«

»Für Ihre Ankunft am heutigen Tag haben wir keinen Beweis, sondern bislang nur die Aussage des Bräutigams«, erinnerte die Kommissarin. »Zum Glück lässt sich das leicht nachprüfen.«

Tjark Fedder hatte vorn im Lokal weitergearbeitet, während die beiden Inselpolizisten in seinem winzigen Büro dieses Zwiegespräch führten. Sie kamen wieder nach vorn in den Gastraum.

»Den Einkaufszettel nehmen wir mit, Papa«, rief Antje. »Er muss von einem Schriftexperten untersucht werden.«

»Wozu mein Altpapier doch manchmal gut ist«, schmunzelte der Alte. »Ich hoffe, ihr kommt bald wieder auf ein Bier vorbei.«

»Das werden wir tun, sobald der Fall gelöst ist«, versprach seine Tochter. Und das wird nicht mehr lange dauern, fügte sie in Gedanken hinzu. Die Ermittler fuhren als Nächstes zur Touristinformation im Rathaus.

»Moin«, grüßte Antje eine der freundlichen Damen, die sich dort um die Juist-Urlauber kümmerten. »Ich benötige eine Auskunft über einen Gast namens Alina Relling.«

»Einen Moment, bitte.«

Mit diesen Worten wandte die Angestellte sich ihrem Computer zu. Während die Inselpolizisten warteten, kam plötzlich die Bürgermeisterin auf sie zugestürmt. Silke

Meester war in Antjes Augen eine echte Betriebsnudel, die ständig unter Strom stand und sich für das Wohl »ihres« Töwerlands förmlich aufrieb. Leider führte ihr Übereifer dazu, dass sie oft über das Ziel hinausschoss. Die Bürgermeisterin war blond, sehr schlank und stets elegant gekleidet. Sie konnte gar kein überflüssiges Fett ansetzen, weil sie sich fast ununterbrochen in Bewegung befand.

»Warum muss ich erst aus der Gerüchteküche erfahren, dass sich an der Strandpromenade ein Mord ereignet hat, Frau Fedder?«

Silke Meester stieß diesen Vorwurf mit gedämpfter Stimme hervor, da sich einige Urlauber in Hörweite befanden. Die Amtsträgerin hatte kein Interesse daran, Unruhe unter den Inselgästen zu erzeugen. Dabei war sie selbst es, die ständig Hektik verbreitete.

Das nennt man wohl Ironie des Schicksals, dachte die Kommissarin. Sie sagte: »Wir wollten Sie nicht unnötig mit dieser Information belasten, Frau Meester. Außerdem steht die Verhaftung der Beteiligten unmittelbar bevor.«

»Das ist gut«, gab die Bürgermeisterin mit einem Seufzer der Erleichterung zurück. »Sie haben vielleicht mitbekommen, dass am Samstag eine große Hochzeit anberaumt ist, für die wir einige einflussreiche Persönlichkeiten auf Juist erwarten. Auch die Feierlichkeit selbst wird den üblichen Rahmen sprengen.«

»Sie sollten sich besser auf eine Absage einstellen«, flüsterte Antje. »Es sieht ganz danach aus, dass wir entweder beide Trauzeugen oder eine Trauzeugin und den Bräutigam verhaften müssen.«

Silke Meester rang nach Luft, als die Bedeutung dieser Worte zu ihr durchgedrungen war.

»Mir ist nicht nach schlechten Scherzen zumute, Frau Fedder«, stammelte sie.

»Wir machen keine dummen Witze, wenn es um Verbrechen gegen das Leben geht«, stellte Witte klar, der sich bisher zurückgehalten hatte. »Und bevor Sie uns wieder Unterstützung vom Festland schmackhaft machen wollen: Wir haben diesen Fall innerhalb kürzester Zeit gelöst. Oder besser gesagt gebührt die Anerkennung meiner Kollegin, die alle richtigen Schlüsse gezogen hat.«

Antje spürte, dass sie vor Verlegenheit knallrot im Gesicht wurde. Sosehr sie sich über Rolands Anerkennung freute – sie konnte nach wie vor nicht gut mit öffentlichem Lob umgehen. Falls man ihr jemals einen Orden verleihen sollte, würde sie bei der Zeremonie vermutlich in Ohnmacht fallen. Oder gar nicht erst erscheinen.

Zum Glück wandte sich in diesem Moment die Dame von der Touristinformation an die Inselpolizistin: »Ja, ich habe hier eine Alina Relling gefunden. Es hat einen Augenblick gedauert, weil das Computerprogramm sich wieder aufgehängt hat. Sie ist vor sechs Tagen angereist, wohnt in der Pension Brehe und hat ihre Töwercard bis zum kommenden Sonntag bezahlt.«

Die Ermittler bedankten sich für die Information. Silke Meester stand der Schock angesichts der Hochzeitsabsage ins Gesicht geschrieben. Antje versuchte es mit einigen tröstenden Worten: »Es gibt genügend Paare, die sich auf unserer Insel trauen lassen, ohne in eine Mordaffäre verwickelt zu werden. Ich wette, dass die nächsten Hochzeitstermine bis weit in den Herbst ausgebucht sind.«

Die Bürgermeisterin nickte, sie schien sich zu beruhigen.

Tatsächlich erfreuten sich Eheschließungen auf der Insel seit Jahren steigender Beliebtheit. Bei schönem Wetter und auf Wunsch konnte die Zeremonie sogar am Strand durchgeführt werden. Ansonsten bot auch das Juister Standesamt selbst eine romantische Kulisse. Es war im historischen »Alten Warmbad« untergebracht, wo sich die

Kurgäste früherer Jahrhunderte in angenehm temperiertem Wasser geaalt hatten.

Antje und Witte machten sich auf den Weg zum Hotel Pacific.

»Was für ein Biest!«, brachte der Kommissar hervor. »Also war Alina schon früh genug auf der Insel, um den Mord zu begehen oder dem Mörder zu helfen.«

»So ist es. Ich wette, dass der Fußabdruck unter Nannos Fenster von ihr stammt«, erwiderte seine Kollegin.

»Alina hat es nicht für nötig gehalten, einen falschen Namen zu benutzen. Warum nicht?«, dachte Roland laut nach.

»Darüber können wir nur spekulieren«, sagte die Kommissarin. »Entweder hatte sie schlicht und einfach kein Geld, denn gut gefälschte Personalpapiere sind nicht gerade billig. Oder sie konnte sich nicht vorstellen, dass wir ihr auf die Schliche kommen. Sie wäre ja nicht die erste Kriminelle, die uns Inselpolizisten unterschätzt.«

»Und das soll ihr schlecht bekommen«, grollte Roland. Er wollte losstürmen, aber Antje hielt ihn zurück.

»Nicht so schnell, mein Lieber. Sind wir uns darüber einig, dass Alina Relling nicht allein arbeitet?«

»Davon gehe ich stark aus«, erwiderte Witte.

»Noch wissen die Verbrecher nicht, dass wir sie durchschaut haben«, stellte Antje klar. »Lass uns doch zunächst einmal den Bräutigam genauer durchleuchten.«

Die Inselkommissare kehrten zur Polizeistation zurück, wo Antje ihren Computer hochfuhr. Roland schaute ihr über die Schulter.

»Glaubst du, dass Eric van Halen ebenfalls unter falscher Flagge segelt?«, fragte er. Die Ermittlerin rief die Homepage der Privatbank Van Halen auf.

Dort fanden sie nur die Information, dass der Bankier Henrik van Halen hieß. Ein Foto von ihm existierte nicht, jedenfalls nicht frei zugänglich im Internet.

»Erics Vater, falls er es tatsächlich ist, legt anscheinend viel Wert auf Diskretion«, stellte Antje fest. »Das ist verständlich, wahrscheinlich möchte er sein Privatleben von der Öffentlichkeit abschirmen.«

»Dadurch wird es für einen Betrüger aber leichter, sich als Henrik van Halen auszugeben«, sagte Roland. »Falls Eric gar nicht der Sohn des Bankiers ist, wird er uns bei der Eheschließung gewiss auch falsche Eltern unterjubeln wollen.«

Antje nickte.

»Ja, Jule selbst wird ihren Traumprinzen wohl kaum infrage stellen wollen. Aber ihre Eltern könnten misstrauisch werden, wenn Eric völlig ohne Familie und enge Freunde feiern will. Selbst bei einer Hochzeit im kleinen Kreis sind meist mindestens ein Dutzend Personen anwesend. Glaub mir, ich weiß, wovon ich rede.«

Roland zwinkerte ihr zu.

»Tatsächlich? Warst du schon mal verheiratet?«, fragte er. Sie knuffte ihm spielerisch in die Rippen.

»Sehr lustig! – Nein, unser Töwerland ist einfach eine beliebte Romantikkulisse für Eheschließungen von Festland-Paaren. Der Hochzeitstourismus gehört zu Juist wie die Pferdefuhrwerke und das Memmertfeuer.«

Witte erwiderte nichts, sondern schaute aus dem Fenster. Draußen fuhr gerade ein Radler vorbei. Antje durchforstete nun die sozialen Netzwerke nach dem Namen Eric van Halen.

»Der angebliche Bankierssohn scheint wirklich ein Luxusleben zu führen, das kann aber natürlich auch Schwindel sein«, sagte sie. »Es gab doch neulich so eine Geschichte über eine Globetrotterin, die ihre Weltreisen alle nur vorgetäuscht hat. Hier, schau dir nur die ganzen Fotos an: Dubai, Singapur, Cote d'Azur, Venedig … man könnte Eric das Jetset-Leben glatt abnehmen, wenn man nicht so genau hinschauen würde. Auffallend ist, dass man ihn nirgendwo mit seinen Eltern oder Geschwistern sieht. – Sprichst du neuerdings nicht mehr mit mir?«

»Ich habe dir zugehört, war aber in Gedanken«, murmelte Witte. »Was hältst du davon, wenn wir erst bei der Hochzeit die Falle zuschnappen lassen? Dann haben wir nämlich alle Beteiligten beim Standesamt beisammen und können auch den Mordverdächtigen gewaltlos festnehmen.«

»Ja, das ist sinnvoll«, erwiderte die Inselpolizistin. »Alina Relling kann nicht wissen, dass wir sie durchschaut haben. Dafür benötigen wir allerdings Verstärkung, Roland. Ich hätte nie gedacht, dass dieser Vorschlag von mir kommt. Aber wenn wir nur zu zweit sind, könnte die Situation leicht aus dem Ruder laufen. Das sollten wir nicht riskieren.«

Kapitel 14

Am Samstag herrschte strahlender Sonnenschein. Das Wetter war wie geschaffen für eine romantische Eheschließung. Und Antje hoffte, dass es sich auch für einen reibungslosen Polizeieinsatz eignen würde.

In der kleinen Inseldienststelle gab es an diesem Morgen eine ungewöhnliche Besprechung. Außer ihr selbst und Roland waren nämlich noch eine weitere Polizistin sowie zwei männliche Beamte vom Polizeikommissariat Norden anwesend. Die Kollegen waren in aller Frühe eingeflogen worden. Antje erklärte die Lage:

»Es besteht Mordverdacht gegen den Bräutigam oder den Trauzeugen, die Trauzeugin ist vermutlich eine Komplizin. Auf diese drei Personen konzentrieren wir uns. Zunächst nehmen wir bei allen Anwesenden eine Identitätsfeststellung vor.«

Roland ergänzte: »Wir vermuten, dass es sich bei den Eltern des Bräutigams um Betrüger handelt. Sie müssen wir also auch besonders im Auge behalten. Die Braut sowie ihre Verwandtschaft sehen wir als potentielle Opfer an. Trotzdem müssen wir auch bei ihnen mit einer Panikreaktion rechnen.«

»Ihr habt hier auf der Insel nur eine Arrestzelle, oder?«, vergewisserte die Polizistin aus Norden sich. »Was tun wir, wenn bei mehreren Personen Flucht- oder Verdunkelungsgefahr besteht?«

»Dann fliegen wir die Betreffenden aus«, gab Antje zur Antwort. »Ein Pilot hält sich zur Verfügung, um ein paar Mal zwischen der Insel und dem Festland hin und her zu pendeln.«

Die Ermittler hatten in Erfahrung gebracht, dass die Zeremonie um elf Uhr beginnen sollte. Die Hochzeitsgäste waren bereits am Vortag angereist und im Hotel Pacific untergebracht worden. Von der Polizeiwache in der Carl-Stegmann-Straße bis zum Standesamt an der Friesenstraße Ecke Warmbadstraße waren es nur wenige hundert Meter. Als sich die kleine Truppe in Bewegung setzte, wusste jeder genau, was er zu tun hatte.

Die Trauung sollte in dem schönen Backsteingebäude des Alten Warmbads stattfinden. Davor befand sich eine Skulptur, die bei Hochzeiten oft mit mehr oder weniger lustigen Kleidungsstücken dekoriert wurde. Schon von Weitem erblickte Antje eine festlich geschmückte Pferdekutsche, mit der das frischgebackene Ehepaar später in die Flitterwochen starten sollte. Doch dazu würde es an diesem Tag nicht kommen.

Es tat der Kommissarin leid, dass sie Jule die Eheschließung vermiesen musste. Doch nach Lage der Dinge gab es keine andere Möglichkeit. Selbst wenn Eric den Mord nicht begangen haben sollte, steckte er dennoch tief in den kriminellen Machenschaften.

Die Polizisten teilten sich in zwei Gruppen auf und kamen von verschiedenen Seiten, sodass niemand plötzlich verschwinden konnte.

Eric van Halen lehnte an einem Stehtisch, er hielt ein Sektglas in der Hand. In seinem dunklen Anzug machte er eine gute Figur. Doch sein Lächeln gefror auf den Lippen, als er die Beamten bemerkte.

»Moin, meine Herrschaften!«, rief Antje. »Wir führen eine allgemeine Personenkontrolle durch und hätten gern die Ausweise aller Anwesenden gesehen.«

Wo war Alina Relling?

Diese Frage stellte die Kommissarin sich selbst. Doch zunächst musste sie sich mit der Braut befassen, die den Saum ihres bodenlangen weißen Kleides raffte und wütend auf die Inselpolizistin zustürmte.

»Was soll dieser Auftritt, Frau Fedder?«, fauchte sie. »Es ist schon schlimm genug, dass Mieke sterben musste!«

»Deshalb sind wir hier«, erwiderte Antje und hielt Jules vernichtendem Blick stand. »Ich möchte mit Alina Relling sprechen.«

Sie ließ ihren Blick über die Gesichter der Anwesenden schweifen und entdeckte schließlich die Trauzeugin. Alina Relling hatte vergeblich versucht, sich hinter Oliver Peters' breiten Schultern zu verstecken. Ansonsten gab es auf dem Vorplatz des Standesamtes keine Möglichkeit, sich zu verbergen. Antje winkte die Verdächtige zu sich heran, während ihre anderen Kollegen bereits mit der Kontrolle begannen. Ob Alina Relling ahnte, dass sie durchschaut worden war? Jedenfalls zitterten ihre Hände, als sie ihre Handtasche öffnete und einen Personalausweis hervorholte. Das Dokument schien echt zu sein, aber im Fall von Alina Relling ging es auch weniger um die Identität.

»Vielen Dank«, sagte Antje. Sie gab den Ausweis zurück und fügte hinzu: »Wir müssen einen Blick in Ihr Zimmer werfen.«

Alina tat erstaunt: »Wirklich? Nun, es sind ja nur ein paar Schritte bis zum Hotel Pacific.«

Die Kommissarin schüttelte den Kopf. »Wir sprechen von Ihrer Unterkunft in der Pension Brehe.«

Nun mischte sich die Braut wieder ein: »Glauben Sie im Ernst, dass Sie unsere Eheschließung sabotieren können, Frau Fedder? Wir haben einen straffen Zeitplan. Wenn heute etwas schiefgeht, werde ich Sie und Ihren Kollegen zur Verantwortung ziehen. Und wieso glauben Sie, dass Alina noch ein zweites Zimmer hat? Das ist absurd, sie wohnt im Hotel Pacific!«

Bevor Antje etwas entgegnen konnte, gab es ein Stück weiter ein kleines Getümmel mit einem älteren Mann. Doch Roland hatte die Situation unter Kontrolle.

»Dieser Herr soll angeblich Henrik van Halen sein«, rief er zu seiner Kollegin hinüber. »Aber seine Personalpapiere sagen etwas anderes!«

Jule Dammer wurde blass. In diesem Moment kam sie Antje wie ein wehrloses verwundetes Tier vor. Ob sie nun ahnte, dass die Polizeiaktion berechtigt war? Jedenfalls wandte sie sich von der Kommissarin und Alina Relling ab, die immer noch ihren Kopf aus der Schlinge zu ziehen versuchte.

»Da wohne ich doch gar nicht«, behauptete sie.

»Falls wir uns geirrt haben sollten, entschuldigen wir uns natürlich bei Ihnen«, sagte Antje mit zuckersüßer Stimme. »Doch zunächst muss ich Sie bitten, mich zu begleiten. – Roland, du hast hier die Einsatzleitung!«

»Alles klar«, gab Witte zurück.

Alinas Blick wurde unstet. Sie schien fieberhaft nach einem Ausweg zu suchen, doch ihr fiel offenbar nichts Brauchbares ein.

»Sie machen einen Fehler, ich kenne einflussreiche Personen.«

Doch von dieser Drohung ließ sich die Kommissarin nicht beeindrucken. Antje machte eine auffordernde Handbewegung.

»Wir gehen jetzt direkt zur Dünenstraße«, meinte die Inselpolizistin trocken. »Den Weg werden Sie ja kennen.«

Die Trauzeugin würdigte sie keiner Antwort. Die Pension Brehe gehörte zu den Familienbetrieben, die schon seit Generationen Juist-Urlaubern eine preiswerte Unterkunft boten. Peetje Brehe arbeitete gerade in ihrem kleinen Vorgarten. Die Pensionswirtin war in Antjes Alter, die beiden Frauen waren gemeinsam zur Schule gegangen. Peetje richtete sich auf und blinzelte irritiert, als sie Alina in Begleitung der Kommissarin bemerkte.

»Moin, was ist denn los?«, wollte sie wissen.

»Nichts Besonderes«, behauptete Antje. »Frau Relling möchte mir nur ihr Zimmer zeigen. Nicht wahr, Frau Relling?«

Alina warf Antje einen Blick zu, als ob sie die Ermittlerin am liebsten erdolcht hätte. Aber dann nickte sie mürrisch.

»Frau Relling hat Zimmer sieben.«

Mit diesen Worten eilte die Pensionswirtin hinein und gab ihrem Gast den Schlüssel. Alina schloss auf und wollte hineingehen.

»Bleiben Sie bitte zurück«, ordnete Antje an.

»Darf ich noch nicht mal in mein eigenes Zimmer?«, zickte die Trauzeugin.

»Vorhin haben Sie noch behauptet, dass Sie im Hotel Pacific untergebracht sind«, erinnerte die Kommissarin. »Man kann schon durcheinanderkommen, wenn man verschiedene Zimmer hat, nicht wahr? – Sie bleiben einfach hier an der Tür stehen, während ich meiner Arbeit nachgehe.«

»Wenn Sie unbedingt in meiner schmutzigen Wäsche wühlen wollen – bitteschön!«

Alina verschränkte trotzig die Arme vor der Brust. Antje zog sich Latexhandschuhe über und begann damit, systematisch das Pensionszimmer zu durchsuchen. Es war gemütlich eingerichtet, die hölzernen Möbel und der bunte Webteppich sowie die gerahmten Bilder von Seehunden und Leuchttürmen passten zum Stil der Pension. Ähnliche Ferienunterkünfte gab es überall auf den Ostfriesischen Inseln und an der Küste, wie der Kommissarin bekannt war. Sie musste nicht lange nach einem verdächtigen Gegenstand Ausschau halten.

»Sie können mir sicher erklären, wie dieses Dokument unter Ihre Matratze kommt, Frau Relling!«

Mit diesen Worten hielt Antje einen Personalausweis hoch. Er war auf den Namen Stefanie Lohse ausgestellt.

Kapitel 15

Die Verdächtige ließ die Frage zunächst unbeantwortet. Doch der Fund schien ihr ein wenig den Wind aus den Segeln genommen zu haben. Jedenfalls gab sie keine weiteren Frechheiten mehr von sich, sondern ließ sich widerstandslos zur Polizeistation begleiten. Antje hatte das Pensionszimmer zuvor versiegelt. Für eine gründliche Durchsuchung war später immer noch Zeit. Die Kommissarin ahnte, dass die Trauzeugin schon bald reden würde. Sie funkte Roland an, berichtete von ihrem Fund.

»Ich habe jetzt einen Beweis dafür entdeckt, dass Alina Relling in den Mord verwickelt ist«, sagte Antje abschließend. »Ich bin jetzt auf der Dienststelle und befrage die Verdächtige gleich. Wie sieht es bei euch aus?«

»Hier gibt es ein wenig Gefühlschaos, aber ich habe die Lage im Griff. Ich melde mich später bei dir.«

Mit diesen Worten beendete der Kommissar das Gespräch. Alina saß so kerzengerade auf dem Besucherstuhl, als ob sie einen Stock verschluckt hätte. Ihr Blick war auf ihre Hände gesenkt, die sie im Schoß gefaltet hatte.

»Ich vernehme Sie als Beschuldigte einer Straftat«, erklärte Antje, nachdem sie die Dienststelle erreicht hatten. »Es steht der Verdacht im Raum, dass Sie Beihilfe zum Mord geleistet haben. Sie haben das Recht zu schweigen, und Sie können einen Strafverteidiger hinzuziehen.«

Die Kommissarin hatte ihr ein Glas Wasser hingestellt, aus dem sie nun gierig trank. Ob sie die Aussage verweigern wollte? Antje wollte schon nachhaken, als Alina den Mund öffnete.

»Ich habe Eric von Anfang an gesagt, dass es schiefgehen könnte«, murmelte sie mit tonloser Stimme.

»Sie sprechen von Eric van Halen?«, vergewisserte die Inselpolizistin sich. Daraufhin schnaubte die Verbrecherin ironisch. So, als ob sie einen versteckten Witz entdeckt hätte.

»Eric heißt gar nicht van Halen mit Nachnamen, nicht wahr?«

»Stimmt auffallend, Frau Fedder! Und sein Vater ist auch kein Bankier. Die Behauptung ist ebenso falsch wie sein holländischer Akzent. Immerhin ist seine Uhr echt.«

»Am besten erzählen Sie von Anfang an, Frau Relling«, schlug Antje vor. »Wie kam es dazu, dass Eric und Jule Dammer heiraten wollten?«

»Eric sieht ja sehr gut aus und kann charmant sein«, meinte Alina. »Es fiel ihm nicht besonders schwer, Jule den Kopf zu verdrehen. Außerdem ist diese Frau so naiv, dass er bei ihr ganz besonders leichtes Spiel hatte. Der Plan war, dass Eric diese stinkreiche Fabrikantentochter heiraten sollte. Nach der Eheschließung hätten er und ich sie dann ausgenommen wie eine Weihnachtsgans.«

»Hätte so ein Schwindel überhaupt funktionieren können?«, zweifelte Antje. »Wer sind denn beispielsweise diese beiden Personen, die sich als Bankiersehepaar ausgeben? Vermutlich handelt es sich nicht um Erics echte Eltern, oder?«

»Natürlich nicht, Frau Fedder! Eric hat sie für den heutigen Tag angeheuert, sie sind Teil eines Betrüger-Netzwerks. Er hat sehr gute Verbindungen, und die beiden wirkten doch durchaus seriös und vertrauenerweckend.«

Darauf erwiderte Antje zunächst nichts. Aus Sicht der Kommissarin war es von großem Vorteil, dass es sich bei den angeblichen Eltern des Bräutigams um gekaufte Berufsverbrecher handelte. Solche Leute waren nur auf den eigenen Vorteil bedacht. Sie würden Eric gewiss nicht decken, sondern versuchen, ihre eigenen Köpfe aus der Schlinge zu ziehen. Vor allem, wenn es um Mord ging.

Die Inselpolizistin merkte, dass Alina sie gespannt anschaute. Also schob sie ihre nächste Frage nach. »Woher kannten Sie Jule Dammer eigentlich?«

»Von einer Studentenparty. Ich habe wirklich mal in ein paar Vorlesungen gesessen, es dann aber aufgegeben. Es gibt einfachere Möglichkeiten, an Geld zu kommen.«

Auf die letzte Bemerkung ging Antje nicht näher ein. Sie fragte: »Und wann kam Mieke ins Spiel?«

Alina seufzte.

»Als Jule sich plötzlich für diese dumme Ziege begeisterte. Ich weiß bis heute nicht, warum sie Feuer und Flamme für Mieke war. Weiß der Kuckuck, was in Jules Spatzenhirn vor sich geht. Vielleicht haben Sie ja auch schon gemerkt, dass sie nicht die hellste Kerze auf der Torte ist. Ich habe versucht, gegenzusteuern. Aber ich konnte Mieke bei Jule ja auch nicht zu offensichtlich schlechtmachen. Das wäre mir als Eifersucht ausgelegt worden.«

»Wussten Sie eigentlich, dass Mieke in Wirklichkeit anders hieß?«, wollte die Kommissarin wissen.

Die Verdächtige schüttelte den Kopf.

»Davon hatte ich keine Ahnung. Was glauben Sie, wie verblüfft ich war, als ich den Personalausweis auf den Namen Stefanie Lohse unter der Registrierkasse fand?«

»Warum haben Sie das Dokument überhaupt mitgenommen?«, fragte Antje. »Der Ausweis hatte doch für Sie gar keinen Wert.«

»Von wegen!«, gab Alina zurück. »Passfälscher sind ganz wild auf echte Ausweise, die sie umarbeiten können. Ich bin es gewohnt, nichts Wertvolles liegen zu lassen. Das ist wahrscheinlich eine Schwäche von mir.«

Auf die eigentliche Mordnacht wollte die Kommissarin noch später zu sprechen kommen. Jetzt war ihr ein anderer

Punkt wichtig: »Warum wollte Eric Jule eigentlich unbedingt auf Juist heiraten? Haben seine Eltern – besser gesagt: die echten Van Halens – sich seinerzeit wirklich hier kennengelernt?«

»Nein, das war nicht der Grund. Eric und ich wollten die Hochzeit möglichst weit von Münster entfernt feiern, um den Rahmen klein zu halten. Dafür ist diese Insel ideal. Je weniger Gäste, desto geringer die Gefahr, aufzufliegen. In einer Großstadt wäre es auffällig gewesen, wenn nur ein Dutzend Leute gekommen wäre. Im hiesigen Standesamt ist es gar nicht anders möglich, wie ich hörte.«

Das stimmte, obwohl bei einer Strandhochzeit auch mehr Gäste erscheinen konnten. Doch das fand die Ermittlerin jetzt nicht so wichtig. Sie fragte: »Wussten Sie, dass Mieke auf Juist als Kellnerin arbeitete?«

»Nein, ganz bestimmt nicht! Ich hatte schon die Hoffnung, dass dieser verdammte Carlos sie um die Ecke gebracht hätte …«

Antje fiel Alina ins Wort.

»Also wurde Mieke tatsächlich von Carlos Sanchez bedroht?«

»So heißt der Kerl mit Nachnamen? Das wusste ich gar nicht. Er ist auf jeden Fall ein schlimmer Finger, dem ich in Münster möglichst aus dem Weg gegangen bin. Ich hätte mich niemals mit ihm eingelassen, so wie Mieke es getan hat. Daran können Sie schon sehen, was für ein Luder sie war. – Jedenfalls war sie ein paar Tage lang untergetaucht. Ich vermutete, dass Mieke mit Carlos nach Spanien abgehauen wäre oder er ihr den Hals umgedreht hätte. Mir wäre beides recht gewesen. Da erschien Jule bei mir und verkündete freudestrahlend, dass Mieke jetzt auf Juist wäre und ihre Trauzeugin werden sollte. Ich hätte doch bestimmt nichts dagegen, ihrer neuen besten Freundin diese Ehre abzutreten.«

»Sie waren bestimmt begeistert«, meinte die Kommissarin ironisch.

Die Verdächtige verzog den Mund.

»Mir war es herzlich egal, ob ich bei dem Affenzirkus mitspielen durfte oder nicht«, beteuerte Alina. »Ich befürchtete nur, dass Mieke Eric und mich durchschauen würde. Sie war nämlich im Gegensatz zu Jule nicht auf den Kopf gefallen. Mieke hätte uns wirklich gefährlich werden können.«

»Beschlossen Sie deshalb, dass Ihr Opfer sterben musste?«

»Zunächst nicht«, lautete die Antwort. »Eric glaubte, Mieke mit seinem männlichen Charme einwickeln zu können. Er fing ganz diskret eine Affäre mit ihr an, sobald wir auf Juist angekommen waren. Und Mieke gehörte nicht zu den Frauen, die sich lange zieren, wenn Sie verstehen, was ich meine.«

Also war der Bräutigam Miekes heimlicher Liebhaber gewesen, wie Antje es zeitweise schon vermutet hatte. Trotzdem hakte sie nach: »Und Jule bekam davon nichts mit?«

»Die zukünftigen Eheleute hatten ja im Hotel Pacific getrennte Zimmer«, erinnerte Alina. »Außerdem flößte Eric seiner Jule immer vorsichtshalber ein Schlafmittel ein, wenn er nachts zu Mieke schlich. Dieses Medikament sorgte übrigens auch dafür, dass Jule meine angebliche Ankunft auf der Insel verpennte.«

»Sie sind sehr auskunftsfreudig«, stellte Antje fest. Alina zuckte mit den Schultern.

»*Ich* habe Mieke nicht niedergestochen. Und ich weiß, wie schwer ein umfangreiches Geständnis vor Gericht wirkt.«

»Und wann beschlossen Sie beide, dass Ihr Opfer doch besser sterben sollte?«, fragte die Inselpolizistin direkt.

»Das war Erics Einfall«, behauptete die Verbrecherin. »Er hatte sich verkalkuliert, im Gegensatz zu seinen anderen Betthäschen verfiel Mieke ihm nicht mit Haut und Haaren. Außerdem schien sie schon zu ahnen, dass wir Betrüger waren. Eric schlug vor, dass ich ein Tagebuch fälschen sollte, in dem Mieke in ein ziemlich schlechtes Licht gerückt wird.«

»Sie war in Wirklichkeit gar keine Taschendiebin, oder?«, wollte Antje wissen.

»Nein.«

»Was geschah in der Mordnacht?«

»Eric nahm Jules Smartphone, Frau Fedder. Damit schrieb er eine Nachricht an Mieke, natürlich in Jules Namen. Sie wollte sich mit ihr um fünf Uhr früh vor der Juister Kajüte treffen, es wäre sehr wichtig. Ins Detail ging er nicht. Eric und ich versteckten uns, es war ja dunkel genug. Mieke kam pünktlich und schloss das Lokal auf. Eric tötete sie mit einem Messerstich. Ich ging in den Gastraum und warf die Registrierkasse um. Es sollte wie ein Raubüberfall aussehen, der aus dem Ruder gelaufen war. Da bemerkte ich den Personalausweis und nahm ihn an mich.«

Aus welchem Grund wohl Mieke das echte Dokument behalten und in der Kneipe versteckt hatte? Ob sie später doch wieder als Stefanie Lohse hatte leben wollen? Diese Fragen wollte die Kommissarin später Miekes Freundin Anke Knebusch stellen. Sie war sicher, dass die Freundin noch mehr wusste, als sie bisher preisgegeben hatte. Das musste allerdings warten.

Antje versuchte, sich wieder auf den Fall zu konzentrieren.

»Wie ging es dann weiter?«

»Eric nahm Miekes Schlüssel und ging zu ihrer Pension, um dort ihr Zimmer zu durchwühlen und das Tagebuch dort zu lassen. Es sollte der Eindruck entstehen, als ob jemand etwas Wichtiges gesucht und vielleicht auch gefunden hätte.

Ich hingegen zerstörte die SIM-Card von Miekes Smartphone. Dann schlich ich zum Haus von diesem Sexstrolch. Wir hatten zuvor im Internet recherchiert und dachten uns, dass wir ihm den Mord prima anhängen könnten. Ich hörte ihn schnarchen und öffnete die Fensterläden mithilfe meines Taschenmessers. Dann warf ich das Telefon einfach in sein Zimmer und verschwand ungesehen.«

Ob dieser Plan wirklich hätte funktionieren können? Antje wusste es nicht. Sie war einfach nur erleichtert, dass sie nun zumindest eine Mittäterin dingfest gemacht hatten.

»Hat es Sie eigentlich gar nicht gestört, dass Eric sich mit Jule und Mieke und womöglich noch mit anderen Frauen eingelassen hat?«, forschte sie. Und bevor Alina etwas erwidern konnte, beantwortete die Inselpolizistin ihre eigene Frage selbst:

»Nein, Sie und Eric sind ein perfektes Team – und zwar als Bruder und Schwester. Nicht wahr?«

»Eigentlich ist Eric nur mein Halbbruder, aber ansonsten stimmt es«, gab Alina zu.

Kapitel 16

Eine derartig geplatzte Hochzeit hatte es auf der friedlichen Nordseeinsel noch niemals zuvor gegeben. Jule Dammer war in Tränen ausgebrochen und wurde von ihrer Mutter getröstet. Die Gäste der Braut redeten wild durcheinander, während sich die angeblichen Eltern des Bräutigams und die übrigen von ihm eingeladenen Personen nicht besonders wohlzufühlen schienen. Witte zweifelte nicht daran, dass sie alle von dem Betrüger und mutmaßlichen Mörder angeheuert worden waren.

Der Kommissar konzentrierte sich hauptsächlich auf Eric van Halen selbst, dessen Gesicht nun einer steinernen Maske glich. Nur die unzähligen kleinen Schweißtropfen auf seiner Stirn sowie die angespannten Kinnmuskeln deuteten darauf hin, dass er unter einem ungeheuren inneren Druck stand.

Nachdem der Kommissar kurz über Funk mit Antje gesprochen hatte, wandte er sich an den Bräutigam: »Meine Kollegin befragt soeben Ihre Komplizin. Es ist ein interessantes Beweisstück im Zusammenhang mit dem Mord aufgetaucht.«

Witte hatte absichtlich so laut gesprochen, dass auch die Umstehenden seine Worte verstehen konnten. Die Wirkung ließ nicht lange auf sich warten.

»Ich möchte eine Aussage machen, bitte!«, rief der angebliche Bankier Henrik van Halen. »Mit einem Mord will ich nichts zu tun haben!«

Der Inselpolizist hatte darauf gehofft, dass die Komplizen dem Haupttäter schnell von der Fahne gehen würden. Wer sich auf Betrugsdelikte spezialisierte, wollte nicht unbedingt im Zusammenhang mit einem Tötungsdelikt verurteilt werden. Nach Wittes Erfahrung waren Betrüger und Hochstapler selten gewalttätig.

»Du hältst die Klappe, Louis!«, fuhr Eric van Halen seinen angeblichen Vater an, »oder du wirst es noch bitter bereuen!«

Er hätte sich am liebsten auf den Älteren gestürzt, aber Roland drehte ihm den rechten Arm auf den Rücken.

»Schön friedlich bleiben!«, stieß Witte hervor. »Jan, bringst du den Herrn bitte aufs Festland? Er kann seine Aussage besser in einer ruhigeren Umgebung machen.«

Er hatte sich an einen der Norder Polizisten gewandt, der nun bestätigend nickte und den angeblichen Bankier Richtung Flugplatz führte. Der Inselpolizist war angenehm überrascht, weil der Mordverdächtige seine Maske so schnell fallengelassen hatte. Die Identitätsfeststellung erwies sich bei Eric van Halen als kompliziert, weil er ja angeblich niederländischer Staatsbürger war. Bei einem Deutschen hätte eine simple POLAS-Abfrage schnell Klarheit gebracht. Aber Witte hatte bereits mit der Polizei in Delfzijl telefonisch Kontakt aufgenommen, da man hier im Grenzgebiet eng zusammenarbeitete.

»Ich lege Ihnen mal Handschellen an, Sie scheinen etwas nervös zu sein«, sagte Roland zu dem Bräutigam.

»Ich protestiere gegen diese Behandlung!«, rief Eric van Halen. Aber es fiel ihm offenbar immer schwerer, seiner Rolle treu zu bleiben.

»Wo ist denn Ihr holländischer Akzent geblieben?«, wollte Witte wissen. Auf diese Frage fiel dem Verbrecher keine plausible Antwort ein. Im nächsten Moment klingelte Wittes Smartphone. Er bat einen anderen Kollegen darum, den Mordverdächtigen im Auge zu behalten, und nahm das Gespräch an. Ein Polizist aus den Niederlanden war am Apparat.

»Hier spricht Brigadier de Bruin aus Delfzijl. Du hattest um eine Personenüberprüfung gebeten.«

»Ja, genau.«

»Also, einen Eric van Halen gibt es bei uns nicht. Oder besser gesagt, natürlich tragen viele Männer diesen Namen. Aber keiner von ihnen ist mit dem Bankier Henrik van Halen verwandt. Es gibt weder einen Sohn noch einen Neffen oder einen anderen Verwandten, der Eric heißt.«

»Das steht fest?«

»Ja, Roland. Ich hab extra noch mal mit den Kollegen in Utrecht gesprochen, wo Henrik van Halen seine Villa hat. Die Familie ist kinderlos.«

»Du hast mir sehr geholfen, Pieter.«

»Immer wieder gern, Roland. Wenn du nach Delfzijl kommst, trinken wir ein Bier zusammen.«

»Einverstanden«, erwiderte der Inselpolizist lachend und beendete das Gespräch. Dann sprach er wieder den Verbrecher an: »Seltsam, der echte Bankier Henrik van Halen hat gar keinen Sohn.«

»Ich möchte mit einem Anwalt sprechen«, lautete die Antwort. Witte bat die Kollegen, den Mordverdächtigen ebenfalls ausfliegen zu lassen. In der aufgeheizten Atmosphäre vor dem Standesamt war ohnehin kein richtiges Verhör möglich. Nun trat ein älterer Mann auf den Inselpolizisten zu, der sich ihm als Ludwig Dammer vorstellte.

»Ich weiß gar nicht, wie ich Ihnen und Ihren Kollegen danken soll«, sagte Jules Vater. »Unsere Tochter war so glücklich, als sie Eric kennenlernte. Wir hätten misstrauischer sein müssen. Aber er trat so selbstsicher auf. Wir wären nie auf den Gedanken gekommen, dass er unter falscher Flagge segelt.«

»Ihre Aussagen werden später aufgenommen, wir haben ja Ihre Personalien notiert«, erwiderte Witte. »Momentan kümmern Sie und Ihre Gattin sich am besten um Ihre Tochter.«

Dammer nickte Witte dankbar zu. Als er sich abwandte, kam die Bürgermeisterin in Richtung des Inselpolizisten gestürmt.

»Was ist denn hier los, Herr Witte? Ich hörte gerade davon, dass es beim Standesamt einen Polizeieinsatz gäbe. Haben Sie etwa wirklich eine Hochzeit platzen lassen?«

»Wir konnten einen Mordfall lösen«, erwiderte der Kommissar trocken. »Ich kann mir nicht vorstellen, dass Sie etwas dagegen haben.«

Am nächsten Tag hatten sich die Wogen wieder geglättet. Und das lag nicht nur daran, dass der Nordwind sanft wehte und die Wellen mit wenig Gischt am Spülsaum der breiten Strände brandeten. Die Norder Kollegen hatten nach und nach alle Verdächtigen per Flugzeug aufs Festland geschafft. Auch Alina Relling war schließlich ausgeflogen worden.

Witte war zur Fähre gefahren, um die Dienstpost zu holen. Als er in die Polizeiwache zurückkehrte, legte Antje gerade den Telefonhörer auf.

»Ich habe gerade mit dem Kommissariat in Norden gesprochen«, sagte sie. Roland schaute sie fragend an.

»Hat Eric schon gestanden?«

»Nein, er wartet noch auf seinen Strafverteidiger. Aber Alinas umfangreiche Angaben dürften für den Mordprozess gegen ihn sehr hilfreich sein«, antwortete Antje.

»So groß kann die Geschwisterliebe ja nicht gewesen sein«, sagte Witte. »Ich bin fast vom Stuhl gefallen, als du mir erzählt hast, dass die beiden Herzchen Halbgeschwister sind.«

»Immerhin konnten wir dem Staatsanwalt eine Augenzeugin des Mordes auf dem Silbertablett servieren«, stellte Antje klar. »Das sollte ausreichen, um den Täter hinter Gitter zu bringen.«

Sie griff erneut zum Telefon.

»Und wen rufst du jetzt an, Antje?«

»Mir ist immer noch nicht klar, weshalb Stefanie unter dem falschen Namen Mieke den Job bei meinem Vater angetreten hat. Es gibt wahrscheinlich nur noch eine Person, die Antworten für uns hat.«

»Du meinst diese Jugendfreundin, Anke Knebusch?«

»Genau die, Roland.«

Antje schaltete den Lautsprecher ein, damit ihr Kollege das Gespräch mithören konnte. Sie rief die Privatnummer von Anke Knebusch an und hatte wenig später die Frau am Apparat.

»Wir haben den Personalausweis Ihrer Freundin bei einer Verdächtigen sichergestellt«, sagte die Kommissarin, nachdem sie sich wieder mit Namen und Dienstgrad gemeldet hatte. Sie berichtete kurz von den Verhaftungen und fügte hinzu: »Es ist vorbei, Frau Knebusch. Die Schuldigen werden ihrer Strafe zugeführt. Ich kann mir vorstellen, dass Sie Ihrer Freundin versprechen mussten, sie nicht zu verraten. Aber nun lebt sie leider nicht mehr. Wir möchten wirklich gern erfahren, aus welchem Grund Ihre Freundin unter falschem Namen neu anfangen wollte. Für uns war sie Mieke. Ich hoffe, es ist in Ordnung, wenn ich diesen Namen jetzt weiterhin benutze.«

»Dagegen habe ich nichts, Frau Fedder. Es ist wirklich so, dass ich Stefanie – Mieke – versprechen musste, den Mund zu halten. Sie fürchtete sich vor Carlos, der sie nicht in Ruhe lassen wollte. Wenn sie weiterhin ihren richtigen Namen benutzt hätte, hätte er sie finden können. Davor hatte sie zumindest Angst.«

»Das war aber nicht der einzige Grund für die falsche Identität, oder?«

Antjes Frage war ein Schuss ins Blaue. Sie arbeitete schon lange genug bei der Polizei, um zu erkennen, wenn ihr jemand nicht die ganze Wahrheit sagte.

»Nein, da gab es noch etwas anderes, Frau Fedder. Mieke war immer unglücklich mit ihrer Familie. Sie fühlte sich nicht akzeptiert, besonders von ihrem Vater nicht. Vielleicht lag es daran, dass er oft fort war. Meine Freundin sagte einmal zu mir: Wenn ich von vorn anfangen könnte, dann würde ich am liebsten in einem kleinen Dorf leben, wo jeder jeden kennt. Und ich möchte einen Vater haben, der für mich da ist und der mich beschützt.«

Antje benötigte einige Augenblicke, um diese Neuigkeiten zu verarbeiten. Es schien so, als ob Miekes Traum sich zumindest teilweise erfüllt hätte. Der Job auf Juist musste ihr wie gerufen gekommen sein. Die Insel mit ihren gut 1500 Einwohnern hatte nun wirklich ländlichen Charakter, vor allem außerhalb der Saison. Und eine Vaterfigur hatte Mieke zweifellos in ihrem Chef Tjark Fedder gefunden. Nur, dass er schon eine Tochter hatte, nämlich sie selbst!

»Sind Sie noch am Apparat?«

Anke Knebuschs Stimme riss die Kommissarin aus ihren Überlegungen.

»Ja, ich war nur kurz in Gedanken. Haben Sie vielen Dank für Ihre Zeit. Wir melden uns, falls es noch weitere Unklarheiten gibt.«

Mit diesen Worten legte Antje den Hörer auf. Sie stieß langsam die Luft aus den Lungen. Roland warf ihr einen liebevollen Blick zu. Dann kam er zu ihr herüber und zog sie an sich.

»Ich weiß, dass wir eigentlich während der Dienstzeit nicht knutschen wollten. Aber du siehst so aus, als ob du jetzt etwas Nähe gebrauchen könntest.«

»Allerdings«, gab Antje seufzend zurück und legte ihren Kopf an seine Schulter. »Was wäre geworden, wenn Mieke nicht hätte sterben müssen? Wäre dann ein Zickenkrieg ausgebrochen, welche von uns für Papa die bessere Tochter ist?«

»Das kann ich mir nicht vorstellen. Dein Vater würde niemals ein anderes Kind als dich haben wollen.«

»Eigentlich weiß ich das auch, Roland. Mir ist nur eben gerade klar geworden, wie gut ich es eigentlich habe. Mieke war sogar dazu bereit, ihre Identität aufzugeben – und etwas zu erlangen, was ich schon habe.«

»Naja, da gab es ja auch noch diesen Carlos«, gab Witte zu bedenken. »Das muss wirklich ein schlimmer Kerl sein.«

Bevor Antje etwas erwidern konnte, klingelte ihr Smartphone. Sie löste sich aus Rolands Umarmung und meldete sich mit Namen und Dienstgrad. Das Gespräch dauerte nur kurz. Ihr Kollege warf ihr einen fragenden Blick zu.

»Das war Frau Lauterbach aus Münster«, erklärte sie. »Abgesehen davon, dass wir den Mörder gefasst haben, können wir Carlos Sanchez nun endgültig von der Verdächtigenliste streichen.«

»Wieso?«

»Er wurde wegen eines anderen Delikts von den Kollegen in Valencia festgenommen und sitzt dort schon seit einer Woche in Untersuchungshaft. Schade, dass Mieke nichts davon erfahren hat. Sonst wäre vielleicht alles anders gekommen. Oder auch nicht, denn ihren Traum vom Dorfleben und einer neuen Familie hatte sie ja trotzdem.«

Witte merkte, dass der Fall seine Freundin nicht kaltließ. Er wollte sie unbedingt aufheitern.

»Lass uns heute Abend in die Juister Kajüte gehen«, schlug er deshalb vor. »Dein Vater wird sich freuen, dass wir mal nicht in dienstlicher Eigenschaft vorbeischauen.«

»Das ist doch mal eine gute Idee«, erwiderte Antje und gab Roland einen Kuss.

ENDE

Ostfrieslandkrimi-Empfehlungen
des Klarant Verlages

Lernen Sie auch die anderen Bücher der Ostfrieslandkrimi-Serie »**Witte und Fedder ermitteln**« von **Sina Jorritsma** kennen:

Die Kommissarin Antje Fedder ist ein waschechtes Juister Inselkind. Sie kennt ihr Heimat-Eiland wie ihre Westentasche. Als zurückhaltende Norddeutsche hat sie manchmal Probleme mit der charmanten und unbeschwerten Art ihres Kollegen Roland Witte, der heimlich in sie verliebt ist. Oder vielleicht doch nicht? Diese Frage muss zunächst unbeantwortet bleiben, denn die beiden Polizisten lösen auf der kleinen Insel auch die kniffligsten Krimirätsel. Auch Antjes Vater Tjark Fedder steht ihnen mit Rat und Tat zur Seite, denn der Gastwirt schnappt viele Informationen auf. Nur die übereifrige Bürgermeisterin Silke Meester erschwert den Ermittlern oft die Arbeit.

In der Serie sind bereits folgende Ostfrieslandkrimis erschienen:

»Juister Herzen«, Band 1
Taschenbuch-ISBN: 978-3-95573-911-9
eBook-ISBN: 978-3-95573-912-6

Ein mysteriöser Todesfall versetzt die ostfriesische Insel Juist in Aufruhr. Im Bett einer Ferienwohnung liegt die Leiche einer jungen Frau. Doch weder sind äußere Verletzungen erkennbar, noch wohnte Diana Schröder in der Unterkunft, in der sie allem Anschein nach starb. Die Inselkommissare Antje Fedder und Roland Witte nehmen die Ermittlungen auf, und schnell finden sie heraus: Die Ferienwohnung wird von einer Selbsthilfegruppe gemietet, deren Mitglieder ihre große Liebe verloren haben. Juister Herzen nennt sich die Veranstaltung auf der idyllischen Nordseeinsel, die helfen soll, verletzte Seelen wieder zu heilen. Aber wie kam Diana überhaupt in dieses Bett? Und weshalb trug sie eine Pistole bei sich? Ins Visier der Ermittlungen gerät Clemens Vogt, der Leiter der Selbsthilfegruppe. Die Inselkommissare bezweifeln seine guten Absichten und stoßen schließlich doch auf eine überraschende Verbindung zwischen den Juister Herzen und der Toten ...

»Juister Düfte«, Band 2
Taschenbuch-ISBN: 978-3-95573-957-7
eBook-ISBN: 978-3-95573-958-4

»Juister Reiter«, Band 3
Taschenbuch-ISBN: 978-3-96586-027-8
eBook-ISBN: 978-3-96586-028-5

»Juister Taucher«, Band 4
Taschenbuch-ISBN: 978-3-96586-088-9
eBook-ISBN: 978-3-96586-089-6

»Juister Düne«, Band 5
Taschenbuch-ISBN: 978-3-96586-126-8
eBook-ISBN: 978-3-96586-127-5

»Juister Hochzeit«, Band 6
Taschenbuch-ISBN: 978-3-96586-176-3
eBook-ISBN: 978-3-96586-177-0

Klarant Verlag

Lernen Sie die Ostfrieslandkrimi-Titel des Klarant Verlages kennen und besuchen Sie uns im Internet unter:

www.ostfrieslandkrimi.de

und

www.klarant.de

Sie können dort Näheres über unsere Autoren erfahren, viele weitere interessante Bücher und eBooks finden und Leseproben herunterladen. Mit dem kostenlosen Newsletter auf

www.ostfrieslandkrimi-lesen.de

erhalten Sie aktuelle Informationen rund um das Verlagsprogramm, wie beispielsweise spannende Neuerscheinungen und Gewinnspiele.